LE LOUP-GAROU

BORIS VIAN

Le Loup-garou

suivi de

douze autres nouvelles

TEXTES ÉTABLIS PAR NOËL ARNAUD

CHRISTIAN BOURGOIS ÉDITEUR

© Christian Bourgois, Cohérie Vian 1970, 1996.
ISBN : 978-2-253-14853-1 - 1re publication - LGF

LE LOUP-GAROU

Il habitait dans le bois de Fausses-Reposes[1], en bas de la côte de Picardie, un très joli loup adulte au poil noir et aux grands yeux rouges. Il se nommait Denis et sa distraction favorite consistait à regarder les voitures venues de Ville-d'Avray mettre plein gaz pour aborder la pente luisante sur laquelle une ondée plaque parfois le reflet olive des grands arbres. Il aimait aussi, par les soirs d'été, rôder dans les taillis pour y surprendre les amoureux impatients dans leur lutte avec la complication des garnitures élastiques dont s'encombre malheureusement de nos jours l'essentiel de la lingerie. Il observait avec philosophie le résultat de ces efforts parfois couronnés de succès et s'éloignait pudiquement en hochant la tête lorsqu'il arrivait qu'une victime consentante passât, comme on dit, à la casserole. Héritier d'une longue lignée de loups civilisés, Denis se nourrissait d'herbe et de jacinthes bleues, corsées en automne de quelques champignons choisis et en hiver, bien contre son gré, de bouteilles de lait chipées au gros camion jaune de la Société ; il avait le lait en horreur, à cause de son goût de bête, et maudissait, de novembre à février, l'inclémence d'une saison qui l'obligeait de se gâter l'estomac.

1. Bois de Fausses-Reposes : Ce bois se trouve au sud-ouest de Ville-d'Avray et son nom de vénerie prend une nouvelle valeur adéquate à l'histoire de Denis.

Denis vivait en bonne intelligence avec ses voisins, car ils ignoraient, vu sa discrétion, qu'il existât. Il s'abritait dans une petite caverne creusée, bien des années plus tôt, par un chercheur d'or sans espoir qui, assuré, ayant connu la mauvaise chance toute sa vie, de ne jamais rencontrer le « panier d'oranges » (c'est dans Louis Boussenard[1]), avait décidé sur sa fin de pratiquer au moins ses excavations aussi infructueuses que maniaques sous un climat tempéré. Denis s'était aménagé là une retraite confortable, garnie, au fil des années, d'enjoliveurs de roues, d'écrous et de pièces automobiles ramassées par lui sur la route, où survenaient des accidents fréquents. Passionné de mécanique, il aimait à contempler ses trophées et rêvait à l'atelier qu'il monterait certainement un jour. Quatre bielles d'alliage léger soutenaient un couvercle de malle utilisé en guise de table ; le lit se composait des sièges en cuir d'une vieille Amilcar[2] éprise passagèrement d'un gros platane costaud, et deux pneus constituaient des cadres luxueux pour le portrait de parents longtemps chéris ; le tout se mariait avec goût aux pièces plus banales rassemblées jadis par le prospecteur.

Par une belle soirée d'août, Denis faisait à petits pas sa promenade de digestion quotidienne. La pleine lune travaillait les feuilles en dentelle d'ombre

1. Louis Boussenard : Auteur de romans d'aventures à la fin du XIXᵉ siècle, parus en livraisons bimensuelles, tels que *Les Robinsons de la Guyane* (1892-1893) ou *Les Pirates des champs d'or* (1833) qui fait partie d'une saga, *Aventures d'un gamin de Paris* ; c'est dans ces *Pirates*... qu'il explique l'expression des chercheurs *(diggers)* australiens « trouver le panier d'oranges » : « rencontrer un amas considérable de *nuggets* ou pépites d'or natif » (Paris, Dentu, 1883, p. 21, note 1).

2. Amilcar : Vian fréquenta à Colombes le garage de Peiny, devenu vite un ami et possesseur d'une Pégase Amilcar (*cf.* N. Arnaud, *Les Vies parallèles de Boris Vian*, Le Livre de Poche n° 14521), nom formé de la fusion fantaisie de Akar (Emile) et Lamy (Joseph), fondateurs en 1920 d'une firme spécialisée dans les voitures de sport.

et, sous la lumière nette, les yeux de Denis prenaient les suaves reflets rubis du vin d'Arbois. Denis approchait du chêne, terminus ordinaire de sa marche, lorsque la fatalité mit sur son chemin le Mage du Siam, dont le vrai nom s'écrivait Etienne Pample, et la petite Lisette Cachou, brune serveuse du restaurant Gronœil entraînée à Fausses-Reposes par le Mage sous un fallacieux prétexte. Lisette étrennait une gaine « Obsession » flambant neuve, et c'est à ce détail, dont la destruction avait coûté six heures d'efforts au Mage du Siam, que Denis devait cette très tardive rencontre.

Par malheur pour Denis, les circonstances se trouvaient extrêmement défavorables. Il était minuit juste ; le Mage du Siam avait les nerfs en pelote ; et il croissait alentour, en abondance, l'oreille d'âne, le pied de loup et le lupin blanc qui, depuis peu, accompagnent obligatoirement les phénomènes de lycanthropie — ou plutôt d'antropolycie, comme nous allons le lire à l'instant. Rendu furieux par l'apparition de Denis, pourtant discret et qui déjà s'éloignait en marmottant une excuse, le Mage du Siam, déçu par Lisette et dont l'excès d'énergie demandait à se décharger d'une façon ou de l'autre, se jeta sur l'innocente bête et la mordit cruellement au défaut de l'épaule. Avec un glapissement d'angoisse, Denis s'enfuit au galop. Rentré chez lui, il fut terrassé par une fatigue anormale et s'endormit d'un sommeil pesant, entrecoupé de rêves troublés.

Il oublia peu à peu l'incident et les jours se remirent à passer, identiques et divers. L'automne approchait, et les marées de septembre, qui ont sur les arbres le curieux effet de rougir les feuilles. Denis se gavait de mousserons et de bolets, happant parfois quelque pezize à peu près invisible sur son socle d'écorce, et fuyant comme peste l'indigeste langue de bœuf. Les bois, maintenant, se vidaient rapidement le soir de leurs promeneurs et Denis se couchait plus tôt. Cependant, il semblait que cela ne le reposât guère, et au sortir de nuits entrelardées de cauchemars, il s'éveillait la gueule pâteuse et les membres rompus. Même, il perdait de sa passion pour la mécanique, et midi le surprenait parfois dans un songe, étreignant d'une patte inerte le chiffon dont il devait lustrer une pièce de laiton vert-de-grise. Son repos se faisait de plus en plus troublé et il s'étonnait de n'en pas découvrir la raison.

La nuit de la pleine lune, il émergea brutalement de son somme grelottant de fièvre, saisi par une intense impression de froid. Se frottant les yeux, il fut surpris de l'effet étrange qu'il ressentait et chercha une lumière. Il eut tôt fait de brancher le superbe phare hérité quelques mois auparavant d'une Mercedes affolée, et la lueur éblouissante de l'appareil illumina les recoins de sa caverne. Titubant, il s'avança vers le rétroviseur fixé au-dessus de sa table de toilette. Il s'étonnait de se trouver debout sur ses pattes de derrière — mais il fut encore bien plus surpris lorsque ses yeux tombèrent sur son image : dans le petit miroir rond, une figure étrange lui faisait face, blanchâtre, dépourvue de poils, où seuls deux beaux yeux de rubis rappelaient son ancien aspect. Poussant un cri inarticulé, il regarda son corps et comprit l'origine de ce froid de glace qui l'étreignait de toutes parts. Son riche pelage noir avait disparu et sous ses yeux se dressait le corps malformé d'un de ces hommes dont il raillait d'ordinaire la maladresse amoureuse.

Il fallait courir au plus pressé. Denis s'élança vers la malle bourrée de défroques diverses glanées au hasard des accidents. L'instinct lui fit choisir un complet gris rayé de blanc, d'aspect distingué, auquel il assortit une chemise unie de teinte bois de rose et une cravate bordeaux. Dès qu'il eut revêtu ces vêtements, surpris de garder avec aisance un équilibre qu'il ne comprenait pas, il se sentit mieux et ses dents cessèrent de claquer. C'est alors que son regard éperdu se posa sur le petit tas de fourrure noire épars alentour de sa couche, et il pleura son aspect disparu.

Il se ressaisit néanmoins grâce à un violent effort de volonté et tenta de faire le point. Ses lectures lui avaient enseigné bien des choses, et l'affaire semblait claire : le Mage du Siam était un loup-garou et lui, Denis, mordu par l'animal, venait réciproquement de se changer en homme.

A la pensée qu'il allait devoir vivre dans un monde inconnu, d'abord il fut saisi d'une grande terreur. Homme parmi les hommes, quels dangers ne courrait-il point ! L'évocation des luttes stériles que se livraient, jour et nuit, les conducteurs de la Côte de Picardie lui donnait un avant-goût symbolique de l'existence atroce à laquelle, bon gré mal gré, il faudrait se plier.

Puis il réfléchit. Sa transformation, selon toute vraisemblance et si les livres ne mentaient point, serait de brève durée. Pourquoi donc ne pas en profiter et faire une incursion dans les villes ? Là, il faut avouer que certaines scènes entrevues dans les bois revinrent à l'esprit du loup sans provoquer en lui les mêmes réactions qu'auparavant, et il se surprit à se passer la langue sur les lèvres, ce qui lui permit de constater qu'elle était, malgré tout, aussi pointue qu'auparavant. Il alla au rétroviseur, se regarda de plus près. Ses traits ne lui déplurent pas tant qu'il le craignait. En ouvrant la bouche, il constata que son palais restait d'un beau noir et qu'il gardait le contrôle intact de ses oreilles peut-être un soupçon trop longues et velues. Mais le visage qu'il contemplait dans le petit miroir sphérique, avec son ovale allongé, son teint mat et ses dents blanches, semblait devoir faire figure honorable parmi ceux qu'il connaissait. Après tout, autant tirer parti de l'inévitable et s'instruire utilement pour l'avenir. Un retour de prudence lui fit pourtant chercher, avant de sortir, des lunettes noires dont il pourrait éteindre en cas de besoin l'éclat rubescent de ses châsses. Il se munit également d'un imperméable qu'il jeta sur son bras et il gagna la porte d'un pas décidé. Quelques instants plus tard, muni d'une valise légère et

humant l'air matinal qui semblait s'être singulièrement dépeuplé d'odeurs, il se trouva sur le bord de
la route et braqua son pouce d'un air décidé à la première voiture qu'il aperçut. Il avait choisi la direction de Paris, instruit par l'expérience quotidienne de
ce que les autos s'arrêtent rarement en abordant la
côte, et plus volontiers dans la descente, car la gra-
vité permet alors un redémarrage facile.

Son élégance lui valut d'être rapidement pris en
charge par une personne peu pressée et, confortable-
ment casé à la droite du conducteur, il ouvrit ses
yeux ardents sur l'inconnu du vaste monde. Vingt
minutes plus tard, il débarquait place de l'Opéra. Il
faisait un temps clair et frais et la circulation restait
dans les limites de la décence. Denis s'élança hardi-
ment entre les clous et prit le boulevard en direction
de l'hôtel Scribe, où il se fit donner une chambre avec
salle de bains et salon. Laissant sa valise à la domes-
ticité, il ressortit aussitôt pour acheter une bicyclette.

La matinée passa comme un rêve ; ébloui, Denis
ne savait où donner de la pédale. Il éprouvait bien,
cachée au creux de son moi, l'envie intime de chercher un loup pour le mordre, mais il pensait qu'il ne
serait point facile de découvrir une victime et voulait éviter de se laisser trop influencer par ce que
racontent les traités. Il n'ignorait pas qu'avec un peu
de chance, il arriverait à s'approcher des animaux du
Jardin des Plantes, mais réservait cette possibilité
pour un tiraillement plus puissant. La bicyclette
neuve attirait toute son attention. Cette chose nicke-
lée le fascinait, et, de plus, lui serait bien utile pour
regagner sa caverne.

A midi, Denis gara sa machine devant l'hôtel, sous
le regard un peu étonné du portier ; mais l'élégance
de Denis et surtout ses yeux rubis semblaient priver
les gens de la faculté d'émettre la moindre remarque.
Le cœur allègre, il se mit en quête d'un restaurant.
Il en choisit un de bonne apparence, et discret ; trop
de foule l'impressionnait encore un peu et, malgré

l'étendue de sa culture générale, il craignait que ses manières ne témoignassent d'un léger provincialisme. Il demanda qu'on l'installât un peu à l'écart, et le service de s'empresser. Mais Denis ignorait qu'en ce lieu si calme d'apparence se tenait justement ce jour-là la réunion mensuelle des Dilettantes du Chevesne Rambolitain[1], et il arriva qu'il vit, au milieu de son repas, déferler soudain une théorie de gentilshommes de teint frais, aux manières joviales et qui occupèrent d'un coup sept tables de quatre couverts. Denis se renfrogna devant cet afflux subit ; et comme il s'y attendait, le maître d'hôtel vint poliment à sa table :

— Je m'excuse beaucoup, monsieur, dit cet homme glabre et cause-graissé, mais pourriez-vous nous rendre le service de partager votre table avec mademoiselle ?

Denis jeta un coup d'œil à la pisseuse et se défrogna du même.

— J'en serais ravi, dit-il en se levant à demi.

— Merci, monsieur, dit la créature d'une voix musicale. Scie musicale pour être exact.

— Si vous me remerciez, vous, poursuivit Denis, que dois-je, moi ? Sous-entendu, remercier.

— La providence classique, sans doute, opina l'exquise.

Et elle laissa aussitôt choir son sac à main que Denis cueillit au vol.

— Oh ! s'exclama-t-elle. Mais vous avez d'extraordinaires réflexes !

— Voui, confirma Denis.

— Vos yeux sont assez étranges aussi, ajouta-t-elle cinq minutes plus tard. Ils font penser à... à...

— Ah ! commenta Denis.

— A des grenats ! conclut-elle.

— C'est la guerre, dit Denis.

— Je ne vous suis pas...

— Je voulais dire, spécifia Denis, que je m'atten-

---

1. Rambolitain : Dérivé de Rambouillet.

dais à ce que vous évoquiez le rubis et ne voyant venir que le grenat, je conclus aux restrictions, lesquelles entraînent immédiatement la guerre par une relation d'effet à cause.

— Et vous sortez des Sciences politiques ? demanda la brune biche.

— Pour n'y plus jamais revenir !

— Je vous trouve assez fascinant, assura platement la demoiselle qui, entre nous, l'avait perdu plus souvent, son pucelage, qu'à son tour.

— Je vous réciproquerais volontiers la chose, en la mettant au féminin, madrigala Denis.

Ils quittèrent ensemble le restaurant, et la coquine confia au loup faithomme qu'elle occupait, non loin de là, une chambre ravissante à l'hôtel du Presse-Purée d'Argent.

— Venez voir mes estampilles japonaises, susurra-t-elle à l'oreille de Denis.

— Est-ce prudent ? s'enquit Denis. Votre mari, votre frère, ou bien quelqu'un des vôtres ne va-t-il point s'inquiéter ?

— Je suis un peu orpheline, gémit la petite en chatouillant une larme du bout de son index fuselé.

— Quel dommage ! commenta poliment son élégant compagnon.

Il crut bien remarquer en la suivant à l'hôtel que l'employé paraissait curieusement absent, et que tant de peluche rouge assoupie faisait différer fortement l'endroit de son hôtel à lui Denis, mais l'escalier lui révélait les bas, puis les mollets immédiatement adjacents de la belle, à qui il laissa, voulant s'instruire, prendre six marches d'avance. Instruit, il pressa l'allure.

L'idée de forniquer en compagnie d'une femme le rebutait bien un peu par son comique, mais l'évocation de Fausses-Reposes fit disparaître cet élément retardateur et il se trouva bientôt à même de mettre en pratique par le geste les connaissances acquises par l'œil. La belle voulut bien se crier comblée, et l'artifice de ces affirmations par lesquelles elle assurait s'élever à la verticale échappa à l'entendement peu exercé en cette matière du bon Denis.

Il sortait à peine d'une espèce de coma assez différent de tout ce qu'il avait éprouvé jusqu'ici lorsqu'il entendit sonner l'heure. Tout suffoquant et blêmequant, il se redressa et demeura stupide en apercevant sa compagne, le cul à l'air sauf votre respect, et qui fourrageait avec diligence dans la poche de son veston.

— Vous voulez ma photo ! dit-il soudain, croyant avoir saisi.

Il se sentait flatté mais comprit, au soubresaut qui anima l'hémisphère bipartite, l'erreur de cette supposition.

— Mais... euh... oui, mon chéri, dit la douce, sans bien savoir s'il se moquait ou niet.

Denis se renfrogna. Il se leva, alla et vérifia son portefeuille.

— Ainsi, vous êtes une de ces femelles dont on peut lire les turpitudes dans la littérature de M. Mauriac[1] ! conclut Denis. Une putain, en quelque sorte.

Elle allait répliquer, et comment, qu'il la faisait chier et qu'elle s'en cognait, de sa viande, et qu'elle n'allait pas se farcir un mec pour le plaisir, mais une lueur dans l'œil du loup anthropisé la fit muette au lieu de. Il émanait des orbites à Denis deux petits pinceaux rouges qui se fixèrent sur les globes oculaires de la brune et la plongèrent dans un curieux désarroi.

— Veuillez vous couvrir et décamper dans l'instant ! suggéra Denis.

Il eut l'idée inattendue, pour augmenter l'effet, de pousser un hurlement. Jamais encore pareille inspiration n'était venue le taquiner, mais malgré son manque d'expérience, cela résonna de façon épouvantable.

La demoiselle, terrorisée, s'habilla sans mot dire, en moins de temps qu'il n'en faut à une pendule pour

1. Mauriac : François (1885-1970). *Cf. Sur le jazz.*

sonner douze coups. Lorsqu'il fut seul, Denis se mit
à rire. Il éprouvait une sensation vicieuse, assez exci-
tante.

— C'est le goût de la vengeance, supposa-t-il tout
haut.

Il remit de l'ordre dans ses ajustements, se nettoya
où il fallait, et sortit. Il faisait nuit et le boulevard
scintillait de façon merveilleuse.

Il n'avait pas fait deux mètres que trois hommes
s'approchèrent de lui. Vêtus un peu voyant, avec des
complets trop clairs, des chapeaux trop neufs et des
chaussures trop cirées, ils l'encadrèrent.

— Peut-on vous causer ? dit le plus mince des
trois, un olivâtre à fine moustache.

— De quoi ? s'étonna Denis.

— Fais pas le con, articula l'un des deux autres,
rouge et cubique.

— Entrez donc par ici... proposa l'olivâtre comme
ils passaient devant un bar.

Denis entra, assez curieux. Il trouvait, jusqu'ici,
l'aventure plaisante.

— Vous jouez au bridge ? demanda-t-il aux trois
hommes.

— Tu vas en avoir besoin d'un, remarqua le rouge
cubique d'une façon obscure. Il semblait courroucé.

— Mon cher, dit l'olivâtre, une fois qu'ils furent
entrés, vous venez d'agir avec une jeune fille de façon
assez peu correcte.

Denis s'esclaffa.

— Il se marre, l'empaffé ! observa le rouge. Il va
moins se marrer.

— Il se trouve, poursuivit l'olivâtre, qu'on s'y intéresse, à cette môme.

Denis comprit soudain.

— Je vois, dit-il. Vous êtes des maquereaux.

Tous trois se levèrent d'un coup.

— Nous cherche pas ! menaça le cubique.

Denis les regarda.

— Je vais me mettre en colère, dit-il posément.

C'est la première fois de ma vie, mais je reconnais la sensation. Comme dans les livres.

Les trois hommes semblaient déroutés.

— Tu penses pas que tu nous fais peur, bille ! dit le rouge.

Le troisième causait peu. Il ferma un poing et prit un élan. Comme le poing arrivait au menton de Denis, ce dernier se déroba, happa le poignet, et serra. Cela fit du bruit.

Une bouteille atêtit sur le crâne de Denis, qui cilla et recula.

— On va te mettre en l'air, dit l'olivâtre.

Le bar s'était vidé. Denis bondit par-dessus la table et le cubique. Eberlué celui-ci béa, mais il eut le réflexe d'empoigner le pied chaussé de daim du solitaire de Fausses-Reposes.

Il s'ensuivit une brève mêlée à l'issue de laquelle Denis, le col déchiré, se contempla dans la glace. Une estafilade lui barrait la joue, et un de ses yeux virait à l'indigo. Prestement, il rangea les trois corps inertes sous les banquettes. Son cœur grondait furieusement sous ses côtes. Il s'arrangea un peu. Et soudain, ses yeux tombèrent sur une pendule. Onze heures.

— Par ma barbe ! pensa-t-il. Il faut que je file !

Vite, il mit ses lunettes noires et courut vers son hôtel. Il avait l'âme pleine de haine, mais l'urgence de son départ lui apparaissait.

Il paya sa chambre, prit sa valise, sauta sur sa bicyclette, et partit comme un vrai coppi[1].

*

1. Coppi : Fausto Coppi (1919-1960), presque exactement contemporain de Vian par ses années de naissance et de mort, fut un cycliste italien légendaire dans l'après-guerre — le préféré d'Antoine Blondin —, entre autres deux fois vainqueur du Tour de France et recordman de l'heure.

Il arrivait au pont de Saint-Cloud lorsqu'un agent
l'arrêta.

— N'avez donc pas de lumière ? dit cet homme
semblable à d'autres.

— Hein ? demanda Denis. Pourquoi ? J'y vois !

— C'est pas pour y voir, dit l'agent. C'est pour
qu'on vous voie. Si vous arrive un accident ? hein ?

— Ah ? dit Denis. Oui, c'est vrai. Mais comment
ça marche, cette lumière ?

— Foutez de moi ? demanda la vache.

— Ecoutez, dit Denis, je suis vraiment très urgé.
Je n'ai pas le temps de me foutre.

— Vous la voulez, votre contredanse ? dit le flicard
infect.

— Vous êtes excessivement ennuyeux, répondit le
loup à pédales.

— Bon ! dit l'ignoble pied plat, vous l'avez.

Il commença de sortir un carnet de bal et un sty-
lobic et baissa le nez un instant.

— Votre nom ? dit-il en relevant le nez.

Puis il siffla dans son tube à sons car il apercevait
au loin la rapide bicyclette de Denis qui se lançait à
l'assaut de la côte.

Denis en mit un coup. L'asphalte ébahi cédait
devant sa furieuse progression. La côte de Saint-
Cloud fut avalée en un rien de temps. Il traversa la
portion de ville qui longe Montretout — fine allusion
aux satyres errants du parc de Saint-Cloud — et
tourna à gauche vers le Pont Noir et Ville-d'Avray.
Comme il émergeait de cette noble cité devant le restaurant Cabassud, il prit conscience d'une agitation
derrière lui. Il força l'allure, et, soudain, s'élança
dans un chemin forestier. Le temps pressait. Au loin,
soudain, une horloge annonçait minuit.

Dès le premier coup, Denis constata que ça allait
mal. Il avait peine à attraper les pédales ; ses jambes
lui paraissaient se raccourcir. Au clair de la lune, il
escaladait pourtant, sur sa lancée, les cailloux du
chemin de terre — lorsqu'il aperçut son ombre — un
long museau, des oreilles droites — et du coup, il prit

la bûche, car un loup à bicyclette, ça n'a pas de stabilité.

Heureusement pour lui. Il avait à peine touché terre que d'un bond, il jaillit dans un fourré ; et la moto de la police s'écrasa bruyamment sur la bicyclette affalée. Le motard y perdit un testicule et son acuité auditive, par la suite, diminua de trente-neuf pour cent.

Denis était à peine redevenu loup qu'il s'interrogea, tout en trottant vers sa demeure, sur l'étrange frénésie qui l'avait saisi sous sa défroque d'homme. Lui si doux, si calme, avait vu s'envoler par-dessus le toit ses bons principes et sa mansuétude. La rage vengeresse dont les effets s'étaient manifestés sur les trois maquereaux de la Madeleine — dont l'un, hâtons-nous de le dire à la décharge des vrais maquereaux, émargeait à la Préfecture, service de la Mondaine — lui paraissait à la fois impensable et fascinante. Il hocha la tête. Quel grand malheur que cette morsure du Mage du Siam. Heureusement, pensat-il, cette pénible transformation va se limiter aux jours de pleine lune. Mais il lui en restait quelque chose — et cette vague colère latente, ce désir de revanche ne laissaient pas de l'inquiéter.

UN CŒUR D'OR

Aulne rasait les murs à sec, regardant derrière lui, l'air soupçonneux, tous les quatre pas. Il venait de voler le cœur d'or du père Mimile ; bien sûr, il avait été forcé d'étriper un peu le bonhomme et en particulier de lui fendre le thorax à coups de serpe, mais lorsqu'il y a un cœur d'or à prendre, il ne faut pas hésiter sur les moyens.

Quand il eut fait trois cents mètres, il retira ostensiblement sa casquette de voleur, la jeta dans un égout et la remplaça par un chapeau mou d'honnête homme. Son allure s'affermit ; néanmoins, le cœur d'or du père Mimile, encore tout chaud, le gênait, car il battait désagréablement dans sa poche. En outre, il aurait aimé le regarder à loisir car c'était un cœur dont la vue vous remettait en état de nuire.

Une encâblure plus loin, dans un égout de dimensions supérieures à celles du premier, Aulne se débarrassa de la massue et de la serpe. Les deux instruments étaient couverts de cheveux collés et de sang, et comme Aulne faisait les choses soigneusement, il y avait aussi, sans nul doute, plein d'empreintes digitales. Il garda ses vêtements, englués de sang poisseux, car les passants n'attendent tout de même pas d'un assassin qu'il s'habille comme tout le monde, et il faut respecter le code du milieu.

A la station de taxis, il en choisit un bien voyant et bien repérable, un vieux Bernazizi modèle 1923 avec faux cannage, cul en pointe, chauffeur borgne et pare-chocs arrière à moitié défoncé. La couleur framboise et jaune de la capote de satin rayé ajoutait à l'ensemble une touche inoubliable. Aulne monta.

— Où vais-je, bourgeois ? demanda le chauffeur, un Russe ukrainien à en juger par son accent.

— Fais le tour du pâté de maisons... dit Aulne.

— Combien de fois ?

— Autant de fois qu'il faut pour te faire biglouser par les flics.

— Ah ! ah !... réfléchit le chauffeur de façon audible. Bon... eh bien... voyons... comme je ne peux pas possiblement faire d'excès de vitesse, je roule à gauche ? hein ?

— D'ac, dit Aulne.

Il baissa la capote et s'assit le plus haut possible pour qu'on voie le sang de ses vêtements ; ceci, combiné au chapeau d'honnête homme, prouverait qu'il avait quelque chose à dissimuler.

Ils firent douze tours et il passa un des poneys de chasse immatriculés au numéro de police. Le poney était peint en gris fer et la légère charrette d'osier qu'il tirait portait l'écusson de la ville. Le poney reniflaa la Bernazizi et hennit.

— Ça va, dit Aulne, ils nous prennent en chasse ; roule à droite, car il ne faut pas risquer d'écraser un gosse.

Afin que le poney pût suivre sans se fatiguer, le chauffeur régla son allure au minimum. Impassible, Aulne le dirigeait ; ils se rapprochèrent du quartier des maisons hautes.

Un second poney, peint en gris lui aussi, rejoignit bientôt le premier. Comme l'autre charrette, celle-ci contenait un flique en tenue de gala. Les deux fliques, d'une voiture à l'autre, se concertèrent en chuchotant et en montrant Aulne du doigt, tandis que les poneys trottaient côte à côte, au même pas, en relevant les pattes et en agitant la tête comme des petits pigeons.

Apercevant un immeuble d'aspect favorable, Aulne

dit au chauffeur de s'arrêter et bondit légèrement sur le trottoir en passant par-dessus la portière du taxi, afin que les fliques voient distinctement le sang sur ses habits.

Puis il s'engouffra dans l'immeuble et gagna l'escalier de service.

Sans se presser, il monta jusqu'au dernier étage. C'étaient les chambres des bonnes. Le couloir, carrelé de terre cuite hexagonale, lui perturbait la vue. Il y avait deux chemins, à droite et à gauche. A gauche, cela donnait sur la courette intérieure entre les salles de bains et le va-te-faire closette. Il le prit. Une lucarne, assez haute, béa soudain devant lui. Un escabeau comme un astre était planté dessous. Aulne commençait à entendre les pas des fliques résonner dans l'escalier. Il grimpa vivement sur le toit.

Là, il respira pour prendre du souffle avant la poursuite indispensable. L'air qu'il avala en quantité lui serait utile à la descente.

Il galopa sur la pente douce du comble à la Mansart. Au bord du versant raide, il s'arrêta et se retourna, le dos au vide, puis se baissa et s'aida de ses mains pour atterrir sur les deux pieds dans le chéneau.

Il longea le flanc de zinc presque vertical. En bas, la courette pavée paraissait minuscule, avec cinq poubelles en rang, un vieux balai comme un pinceau et une caisse de débris.

Il fallait descendre le long du mur et pénétrer dans une des salles de bains de l'immeuble contigu, en face. On utilisait à cela des crampons plantés dans le mur, puis on s'accrochait des deux mains à la fenêtre et on faisait un rétablissement. Le métier d'assassin n'est pas de tout repos. Aulne s'engagea sur les barreaux rouillés.

En haut, les fliques faisaient du remue-ménage et couraient en rond sur le toit avec leurs souliers, pour respecter le plan-type de sonorisation des poursuites établi par la préfecture.

II

La porte était fermée, car les parents de Brise-Bonbon venaient de sortir et Brise-Bonbon gardait la maison tout seul. A six ans, on n'a pas encore le temps de s'ennuyer dans un appartement où l'on trouve des verres à casser, des rideaux à brûler, des tapis à encrer et des murs que l'on peut couvrir d'empreintes digitales de toutes les nuances, intéressante application de couleurs dites sans danger au système de Bertillon. Où il y a par surcroît une salle de bains, des robinets, des trucs qui flottent... et, pour tailler les bouchons, le rasoir de son père, une belle lame droite.

Entendant des appels dans la courette sur laquelle donnait la salle de bains, Brise-Bonbon écarta, pour mieux voir, les battants entrouverts. Devant son nez, deux grosses mains d'homme crochèrent l'appui de pierre ; la tête d'Aulne, congestionnée par l'effort, apparut aux yeux intéressés de Brise-Bonbon.

Mais Aulne avait trop présumé de ses vertus de gymnaste et ne put se rétablir d'un coup. Ses mains tenaient bon et il se laissa aller à bout de bras pour reprendre son souffle.

Avec douceur, Brise-Bonbon leva le rasoir qu'il tenait toujours et promena la lame effilée sur les jointures blanches et tendues de l'assassin. C'étaient de trop grosses mains.

Le cœur d'or du père Mimile tirait Aulne vers le sol de toutes ses forces et ses mains saignaient. Un à un, les tendons sautèrent comme de petites cordes de guitare. A chaque rupture, une note frêle retentissait. Il restait, sur l'appui de la fenêtre, dix phalangettes exsangues. De chacune coulait un peu de sang. Le corps d'Aulne racla la paroi de pierre, il rebondit sur la corniche du premier étage et s'abattit dans la vieille caisse. Il n'y avait qu'à le laisser là, les chiffonniers l'emporteraient le lendemain.

LES REMPARTS DU SUD

I

Le Major, couvert de dettes comme jamais ça ne lui était arrivé depuis des années, décida d'acheter une voiture pour passer des vacances plus agréables.

Il réalisa d'abord les disponibilités immédiates en tapant ses trois camarades habituels pour s'offrir une cuite carabinée, car son œil de verre virait au bleu indigo et c'était signe de soif. Il lui en coûta trois mille francs ; il les regrettait d'autant moins qu'il n'avait pas l'intention de les rendre.

Ayant ainsi donné de l'intérêt à l'opération, il s'efforça de la compliquer encore pour l'élever à la hauteur d'un miracle païen et se paya une seconde cuite avec l'argent que lui procura la vente de sa ceinture de chasteté moyenâgeuse, cloûtée de girofle et toute de cuir repoussé si loin que personne n'y avait encore été.

Il ne lui restait pas grand-chose, mais c'était tout de même trop. Il paya son loyer avec sa montre, troqua son pantalon contre un short et sa chemise pour une Lacoste et, fin prêt se mit en quête d'une façon de dépenser son argent résiduel.

(Au cours de ses recherches, il eut la déveine de faire un héritage mais, par bonheur, apprit rapidement qu'il ne pourrait pas le toucher avant des mois, délai plus que suffisant.)

Le Major possédait encore onze francs et des provisions. Il ne pouvait s'en aller dans ces conditions.

Il prépara donc, chez lui, une surprise-partie de grandeur moyenne.

Elle eut heureusement lieu et il lui resta, à l'issue de la susdite, un simple paquet de cent grammes de carry, en poudre, légèrement éventé, dont personne n'avait pu venir à bout. Contre ses prévisions, le sel de céleri, très apprécié, formait en effet le fond de la plupart des derniers cocktails servis et l'on avait dédaigné le carry préparé pour cet usage.

(La malchance insigne qui semblait poursuivre le Major voulut cependant qu'une invitée oubliât chez lui son sac à main et cinq cents francs dedans. Tout semblait à recommencer, lorsque le Major, frappé d'une de ces inspirations géniales qui le caractérisent, conçut l'envie de partir en vacances muni d'une autorisation de rouler obtenue régulièrement ; il faut tout de suite signaler que cette prétention le sauva.)

II

Le Major irrupit chez son ami le Bison, comme celui-ci se mettait à table avec sa femme et le Bisonnot parmi des grandes volées de claquements de mâchoires ; il se cuisait, pour une fois, un plat de nouilles à l'eau que la Bisonne avait daigné mettre dix minutes à préparer ; la famille entière se réjouissait à l'idée de la frairie conséquente.

— Je déjeune avec vous ! dit le Major, frémissant d'appétence en voyant les nouilles à l'eau.

— Cochon ! dit le Bison. Tu les as senties de loin, hein ?

— Tout juste ! dit le Major, en se servant un grand coup de vin de la répartition, gardé spécialement pour lui et qu'on laissait piquer un peu pour qu'il prît un goût en plus de sa saveur originale, indéniablement efficace, comme chacun sait.

Le Bison prit une assiette supplémentaire dans le buffet et la posa sur la table devant le Major. Le Major se laissait servir d'habitude et n'en concevait pas de rancune à l'endroit des opérateurs.

— Voilà la chose ! dit le Major. Où allez-vous en vacances ?

— Au bord de la mer. Je veux la voir avant de mourir, affirma le Bison.

— Très bien, dit le Major. J'achète une voiture et je vous emmène à Saint-Jean-de-Luz.

— Minute ! dit le Bison. Tu as du fric ?

— Parfaitement, dit le Major. Je l'aurais. Ne t'inquiète pas de ça.

— Tu as un endroit pour te loger ?

— Parfaitement, dit le Major. Ma grand-mère, qui est morte, y avait un appartement et mon père l'a conservé.

Le Bison n'entendant pas d'e muet à la fin comprit qu'il s'agissait de l'appartement et non de la grand-mère.

Les nouilles continuaient à gonfler dans leur eau de cuisson et ça faisait déjà trois fois que la Bisonne descendait la poubelle pour vider l'excédent.

— Bon, admettons, dit le Bison. Tu as de l'essence. Parce que c'est utile, pour une voiture.

— Ça se trouve, assura le Major. Si on a une autorisation régulière, on a des bons d'essence.

— Parfait ! dit le Bison. Tu connais quelqu'un à la préfecture pour avoir une autorisation ?

— Non, dit le Major, mais vous deux, vous ne connaissez personne ?

— C'est là que tu voulais en venir, hein ?

Le Bison avait l'œil abrité et réprobateur.

— Je vous préviens, interféra son épouse, que si vous ne mangez pas ces nouilles, il faudra changer de pièce, car tout à l'heure on ne tiendra plus ici.

Ils se ruèrent tous les quatre sur le plat de nouilles, pensant, ravis, à la grimace que faisaient autrefois les Allemands devant le beurre de Normandie et les saucisses grasses.

Le Major buvait gros rouge sur gros rouge ; son œil unique l'obligeait à faire le nécessaire pour voir double et ne pas perdre une goulée.

Le dessert consistait en tranches de pain soigneusement rassis et dressé entre deux feuilles de gélatine rose parfumée à l'Origan de Chéramy, dans la manière de Jules Gouffé. Le Major en reprit deux fois et il n'en restait plus.

— Est-ce qu'Annie ne pourrait pas, par son journal, nous pistonner à la préfecture ? dit la Bisonne. Parce que moi, je ne pars pas avec toi si tu n'as pas l'autorisation.

— Excellente idée ! dit le Major. Sois tranquille. Je n'aime pas plus les flics que toi. La vue d'un agent me noue l'intestin-grêle.

— Mais il faudrait peut-être se dépêcher, remarqua le Bison. Mes vacances commencent dans trois semaines.

— Parfait ! dit le Major, pensant qu'il aurait le temps d'écouler les cinq cents francs.

Il but un dernier coup de rouge, prit une cigarette dans le paquet de la Bisonne, éructa violemment et se leva.

— Je vais voir des voitures, dit-il en s'en allant.

III

— Ecoutez, dit Annie, je vais vous mettre en rapport avec Pistoletti, le type de la préfecture qui s'occupe des autorisations pour le journal. C'est très simple, vous verrez, il est très gentil.

— D'accord, dit le Major. Je pense que comme ça, ça ira. Ça ira sûrement. Pistoletti est un homme admirable.

Assis à la terrasse du café Duflor, ils attendaient la Bisonne et son fils, un peu en retard.

— Je pense, dit le Major, qu'elle va apporter un

certificat médical pour le bébé. Ça nous aidera à avoir l'autorisation. Elle a dû le faire faire aujourd'hui.

— Ah ? dit Annie. Certifiant quoi ?

— Qu'il ne peut pas supporter le voyage dans le train, répondit le Major, en frottant son monocle fumé.

— Les voilà ! dit Annie.

La Bisonne courait après le Bisonnot, qui venait de lui lâcher la main. Il fila quinze mètres en avant et s'expliqua avec un guéridon des Deux Mâghos, à dessus en marbre d'abord, et en morceaux l'instant d'après.

Le Major se leva, tenta de séparer l'enfant et le guéridon. Un garçon arriva et se mit à protester.

— Permettez, dit le Major, j'ai tout vu. C'est le guéridon qui a commencé. N'insistez pas ou je vous fais arrêter.

Il sortit sa fausse carte de la Sûreté et le garçon s'évanouit. Alors, le Major lui prit sa montre et, tirant l'enfant par la main, rejoignit Annie et la Bisonne.

— Tu pourrais surveiller ton fils, dit-il.

— Tu m'embêtes. J'ai le certificat. Cet enfant est rachitique et ne peut supporter un voyage en chemin de fer.

Ce disant, elle assaisonna le fils d'une vaste torgnole qui le plongea dans une douce hilarité.

— Heureusement pour la S.N.C.F..., murmura le Major.

— Tu vas peut-être me dire que tu n'as jamais cassé de tables de café ? commença-t-elle, menaçante.

— Jamais à cet âge-là ! dit le Major.

— Bien sûr ! Tu es un arriéré !

— Bon ! dit le Major, ne discutons pas. Donne-moi ce certificat.

— Faites voir, dit Annie.

— Le docteur n'a fait aucune difficulté, dit la Bisonne. Tout le monde peut voir que cet enfant est rachitique. Veux-tu lâcher cette chaise !...

Le Bisonnot venait d'empoigner le dossier d'un consommateur voisin et l'ensemble s'effondra, entraînant quelques verres au milieu d'un certain vacarme.

Le Major s'éclipsa discrètement, l'air de pisser contre un arbre et Annie faisait celle qui ne connaît personne.

— Qui a fait ça ? demanda le garçon.

— C'est le Major, dit le Bisonnot.

— Ah ? dit le garçon d'un air incrédule. Ce n'est pas l'enfant, Madame ?

— Vous êtes fou, dit-elle. Il a trois ans et demi.

— Mauriac, il est un gâteux, conclut le Bisonnot.

— C'est bien vrai, ça, dit le garçon, et il s'assit à la table pour discuter littérature.

Le Major revint, rassuré et se réinstalla entre les deux femmes.

— Donc, dit Annie, vous allez trouver Pistoletti...

— Et qu'est-ce que tu penses de Duhamel ? dit le garçon.

— Vous pensez que ça marchera ? dit le Major.

— Duhamel est bien surfait, dit le Bisonnot.

— Bien sûr, dit Annie. Avec la lettre du journal...

— Alors, j'irai demain, dit le Major.

— Je te donnerai mon manuscrit, dit le garçon et tu me diras ce que tu en penses. Ça se passe dans une mine velue. Je crois que j'ai tout à fait les mêmes goûts que toi.

— Combien vous doit-on, garçon ? demanda Annie.

— Non, dit la Bisonne, c'est à moi.

— Permettez ! dit le Major.

Comme il n'avait pas un rond, le garçon lui prêta de l'argent pour payer et le Major, laissant un abondant pourboire, empocha la monnaie par distraction.

IV

— Je vais ouvrir, hurla le Bisonnot.

— Tu m'embêtes, répondit son père. Tu sais bien que tu es trop petit pour atteindre le verrou.

Saisi de fureur, l'autre se lança en l'air des deux pieds, en sautant comme un chat, et parut surpris de se retrouver sur le derrière, avec une grosse étincelle verte.

C'était le Major. Il paraissait normal, à cela près que son chapeau plat luisait de reflets changeants et bizarres : il avait mangé de la dinde.

— Alors ? dit le Bison.

— J'ai la voiture ! Renault 1927, coach avec malle arrière.

— Et le capot qui se soulève par-devant ? interrogea le Bison, inquiet.

— Oui... concéda le Major à regret, et allumage par magnéto et frein ésotérique sur le tuyau d'échappement.

— C'est un vieux système, observa son interlocuteur.

— Je le sais bien, dit le Major.

— Combien ?

— Vingt mille.

— Ce n'est pas cher, estima le Bison. Mais, au fond, ce n'est pas donné.

— Non, et justement il faut que tu me prêtes cinq mille francs pour finir de la payer.

— Quand me les rendras-tu ?

Le Bison paraissait méfiant.

— Lundi soir, sans faute, assura le Major.

— Hum ! dit le Bison, je n'ai pas grande confiance.

— Je comprends ça, dit le Major, et il prit les cinq mille francs sans dire merci.

— Tu as été à la préfecture ?

— J'y vais maintenant... J'hésite toujours à me trouver au milieu d'une bande de gabelous opiniâtres et révoltants.

— Alors, tâche de te débrouiller, dit le Bison en le projetant sur le palier, et d'aller un peu vite.

— Au revoir ! cria le Major de l'étage inférieur.

Il revint deux heures après.

— Mon vieux, dit-il, ça ne va pas encore. Il faut que tu fasses une déclaration certifiant que tu disposes de l'essence nécessaire.

— Tu m'emmerdes ! dit le Bison. J'en ai marre de tous ces retards. Ça fait déjà une semaine que je suis en vacances et ça ne m'amuse pas du tout de rester là. Tu ferais bien mieux de prendre le train avec nous.

— Ecoute, c'est quand même plus agréable d'y aller en voiture et pour le ravitaillement là-bas ça sera plus commode.

— Evidemment, dit le Bison, mais quand j'arriverai, il faudra que je reparte aussitôt parce que mes vacances seront finies. Et puis on se fera coffrer sur la route...

— Ça va aller tout seul maintenant, certifia le Major. Fais-moi ce papier. Tout sera en règle, ou bien alors, je partirai en train avec toi.

— Je vais t'accompagner, dit le Bison. Je passerai à mon bureau le faire taper par ma secrétaire.

Ceci fut fait. Ils entrèrent à la préfecture trois quarts d'heure après et gagnèrent, à travers un tortueux dédale, le bureau de Pistoletti.

Pistoletti, aimable quinquagénaire un peu pointu, ne les fit attendre que cinq minutes. Après quelques pourparlers, il se leva et les entraîna à sa suite, portant les formules et pièces justificatives établies par le Major et le Bison.

Ils traversèrent un étroit passage, formant pont couvert et reliant les deux bâtiments voisins. Le cœur du Major tournait très vite sur lui-même, en ronflant comme une toupie de Nuremberg. Dans une galerie voûtée, de longues files de gens attendaient devant les portes des bureaux, la plupart d'entre eux maugréant, d'autres s'apprêtant à mourir. On les laissait sur place et on les ramassait le soir.

Pistoletti entra devant tout le monde. Il s'arrêta et parut gêné de ne pas se trouver devant la personne qu'il pensait voir.

— Bonjour, Monsieur Pistoletti ! dit l'autre.

— Bonjour, Monsieur, dit Pistoletti. Voilà, je voudrais votre visa pour cette demande qui est en règle.

L'homme compulsa la liasse.

— Eh bien ! dit-il, vous certifiez disposer du carburant nécessaire, par conséquent il n'y a pas lieu de vous faire une attribution.

— Hum... dit Pistoletti... j'ai demandé à Monsieur le Major cette attestation, comme vous... comme votre prédécesseur nous l'avait suggéré... pour avoir de l'essence, en somme...

— Ah ? dit l'autre.

Il écrivit sur le papier : « Pas d'attribution, le demandeur prétendant disposer du carburant nécessaire. »

— Merci ! dit Pistoletti qui sortit avec les papiers.

Il se gratta le crâne et répandit des lambeaux saignants dans le couloir. Un agent passa qui glissa dessus et faillit tomber, et le Major ricana mais redevint sérieux en voyant la figure de Pistoletti.

— Ça ne va pas ? demanda le Bison.

— Eh bien... dit Pistoletti, on va voir maintenant chez Ciabricot... Ça m'embête... Ce fonctionnaire que je viens de voir a dû changer, et celui-là ne m'a pas l'air du tout du même avis que l'autre. Enfin... Ça peut aller quand même. Mais l'autre m'avait dit qu'avec ce papier-là, ça marcherait tout seul...

— Allons-y toujours, dit le Bison.

Pistoletti, suivi des deux acolytes, gagna l'extrémité du couloir et passa derechef devant le nez de la première personne de la file. Le Major et son ami s'assirent sur un banc circulaire enserrant la base d'un des piliers qui soutenaient la voûte. Ils comptèrent jusqu'à mille, quatre et demi par quatre et demi pour passer le temps. Quinze minutes plus tard, Pistoletti sortait du bureau Il avait l'air comme-ci comme-ça.

— Voilà, leur dit-il. Il a écrit « accordé » sur la demande. Il a mis la date, il a dit « bon » et il a demandé « pour aller où » ? Alors, je lui ai dit, ou plutôt il a regardé, il s'est palpé le foie et il a dit « c'est beaucoup trop loin » ! et il a rayé tout ce qu'il venait de mettre. Il a le foie en mauvais état.

— Alors, demanda le Bison, c'est refusé ?

— Oui... dit Pistoletti.

— Et vous croyez, dit le Bison, une épaisse vapeur commençant à s'échapper de ses chaussures, que si on lui donnait dix mille francs à votre Ciabricot, on n'aurait pas d'autorisation ?

— Mais alors, renchérit le Major, on ne peut même plus emmener en voiture un enfant qui ne peut supporter le train ?

— Qu'est-ce qu'on leur demande ? continua le premier. Rien ! Pas d'essence, puisqu'on dit qu'on l'a. On leur demande une signature au bas d'un papier, pour pouvoir sortir la bagnole, étant sous-entendu que, pour le carburant, on se débrouillera au marché noir ! Alors ?

— Alors, ce sont des emmerdeurs ! dit le Major.

— Ecoutez, dit Pistoletti...

— Ce sont des salauds ! dit le Bison.

— Vous pourriez tout recommencer tantôt... suggéra Pistoletti, intimidé.

— Ah, non ! dit le Bison. On a compris ! On s'en va !

— Je regrette, dit Pistoletti.

— Nous ne vous en voulons pas le moins du monde, dit le Major. Ce n'est pas votre faute si Ciabricot souffre du foie.

Ils profitèrent d'un tournant du couloir pour prendre Pistoletti en sandwich et abandonnèrent le cadavre dans une encoignure.

— Qu'est-ce qu'on fait ? demanda le Bison en sortant.

— Je m'en fous, dit le Major. Je pars sans autorisation.

— Tu ne peux pas faire ça, ou alors je vais chercher des billets à la gare, dit le Bison. Moi, j'aime pas les flics.

— Attends jusqu'à ce soir ! dit le Major. J'ai quelque chose en vue. Moi non plus je ne les aime pas. Ça me fait un effet supra-physique.

— Bon, dit le Bison. Téléphone-moi.

V

— C'est accordé ! dit la voix du Major dans l'écouteur.

— Ah ! tu l'as ? dit le Bison.

Il n'y croyait guère.

— Non, mais je l'aurai. J'y suis retourné tantôt avec une fille, une amie de Verge, le copain que tu as vu chez moi. Elle connaissait des gens à la préfecture. Elle est passée chez Ciabricot et ça a été tout seul. Ils me l'ont promis...

— Quand l'as-tu ?

— Mercredi à cinq heures !

— Bon ! conclut le Bison. On verra bien...

VI

Le mercredi, à cinq heures, il fut au Major répondu que le lendemain à onze heures paraissait un jour favorable. Le jeudi, à onze heures, on lui suggéra de passer l'après-midi. L'après-midi, on lui dit qu'on délivrait quinze autorisations par jour et qu'il était le seizième et comme il ne voulait pas donner d'argent, il n'eut pas l'autorisation.

Les petits camarades des employés entraient à chaque instant et les employés suffisaient à peine à leur donner des autorisations de complaisance ; ils prièrent le Major de les aider à remplir leurs papiers. Il refusa et s'éloigna en oubliant sur un bureau une grenade amorcée dont le bruit lui mit du baume dans le cœur, au moment où il sortait de la préfecture.

Et le Bison, sa femme et le Bisonnot prirent des billets pour Saint-Jean-de-Luz. Ils devaient attendre jusqu'au lundi suivant pour partir, car tous les trains étaient complets. Le samedi soir, le Major, quittant son luxueux studio de la rue Cœur-de-Lion, démarra dans sa Renault. Il était entendu qu'il serait à Saint-Jean le premier et préparerait l'appartement pour l'arrivée de ses amis. A côté de lui était Jean Verge, à qui le Major devait déjà trois mille francs et, derrière lui, il y avait Joséphine, une amie du Major, et le Major venait juste de dépenser la moitié de l'argent qu'elle avait dans son sac à se payer une bonne cuite.

La voiture contenait aussi les bagages : dix kilos de sucre que Verge rapportait à sa maman, à Biarritz, un limonadier à feuilles bleues que le Major se proposait d'acclimater au Pays Basque, deux volières remplies de crapauds et un extincteur plein de parfum à la lavande, car le tétra-chlorure de carbone sent mauvais.

VII

Afin d'éviter la rencontre de ces bipèdes accouplés et vêtus de bleu foncé que l'on nomme gendarmes, le Major prit au sortir de la capitale un chemin de traverse, intitulé pompeusement N. 306. Quand même, il les avait à zéro Fahrenheit.

Pour se diriger, il suivait les indications de Verge. Ce dernier lisait la carte Michelin étalée sur ses genoux. C'était la première fois de sa vie qu'il se livrait à une activité de ce genre.

Il s'ensuivit qu'à cinq heures du matin, après avoir

roulé huit heures à cinquante kilomètres de moyenne, le Major aperçut à l'horizon la tour de Montlhéry et fit aussitôt demi-tour car, dans ce sens-là, il arrivait tout droit à Paris, porte d'Orléans.

A neuf heures, ils entraient à Orléans. Il ne restait qu'un litre d'essence et le Major se sentait heureux. On n'avait pas vu le képi d'un flic.

Verge possédait encore deux mille cinq cents francs que l'on convertit en vingt litres d'essence et cinq kilos de pommes de terre, car il fallait mélanger à l'essence des fragments de pomme de terre, dans la proportion d'un quart, vu l'âge de la voiture.

Les pneus paraissaient résister. Après le bref arrêt du plein, le Major tira le cordon commandant le clapet de la boîte de vitesses, siffla deux fois, renversa la vapeur et la Renault partit.

Quittant la N. 152, ils traversèrent la Loire sur un pont arrière et prirent la N. 751, moins fréquentée.

Les ravages causés par l'occupation avaient favorisé l'éclosion, au milieu des ornières et des flaques, d'une végétation grasse et aqueuse : des mille-pertuis agitaient leurs corollaires en tous sens, tandis que la cicindèle des champs glissait une note mauve parmi l'éclaboussement nacré des pingres.

Une ferme, çà et là, relevait la monotonie de la route, produisant, chaque fois, une agréable sensation d'allègement du scrotum, comme lorsque l'on passe vite sur un petit pont en dos d'âne. A mesure qu'ils s'éloignaient vers Blois, ils commencèrent de voir surgir des poules.

Elles picoraient le long des fossés suivant un plan judicieusement établi par les cantonniers. Dans chacun des petits trous creusés par leurs becs, on mettait le lendemain des graines de tournesol.

Le Major eut envie de manger de la poule et se mit à taquiner le volant. Il tournait, en même temps, la clef du tuyau d'échappement et ralentit ainsi la voiture jusqu'à l'allure d'un homme au pas dans un rucher.

Une Houdan, grasse et dodue, se présentait de dos,

croupion relevé. Le Major accéléra sournoisement, mais la poule se retourna à l'improviste et le fixa d'un air de défi. Très détaché, mais impressionné quoi qu'il en eût, le Major, mine de rien, fit pivoter le volant de quatre-vingt-dix degrés et ils durent faire appel au facteur du pays, rencontré sur la route, pour dégager la voiture du chêne centenaire dont le judicieux réflexe du Major avait causé le bris.

Le dégât réparé, la Renault ne voulait plus repartir et Verge dut descendre et faire « bouh !... » derrière elle sur cinq kilomètres avant d'arriver à la décider et elle renâcla en s'arrêtant pour le laisser remonter.

Nullement découragé, le Major dépassa Cléry, atteignit Blois et piqua au sud par la N. 764, dans la direction de Pont-Levoy. Toujours pas d'agents ; il reprenait confiance.

Il sifflait une marche guerrière et scandait la fin de chaque mesure par un coup de talon énergique. Il ne put pas terminer sa marche, car son pied passa au travers du plancher et il eût, en continuant, risqué de renverser la boîte de vitesses dont deux s'étaient déjà répandues sur le sol au moment de la chute de l'arbre.

A Montrichard, ils prirent un pain, foncèrent sur Le Liège et la voiture s'arrêta net au carrefour de la N. 764 et de la D. 10.

Joséphine se réveillait.

— Qu'est-ce qui se passe ? demanda-t-elle.

— Rien, dit le Major. On a acheté un pain, alors on s'arrête pour le manger.

Il était ennuyé. Un carrefour, on peut y arriver de quatre côtés et y être vu aussi de quatre côtés.

Ils descendirent et s'assirent sur le bord de la route. Une poule blanche, planquée dans le fossé, s'enhardit et dressa au ras de la chaussée sa tête surmontée d'une petite crête permanentée. Le Major s'immobilisa, haletant.

Il saisit le pain, un deux kilos grand format, l'éleva en se détournant, fit mine de le regarder par transparence et l'abattit soudain sur la poule.

Malheureusement pour lui, la ferme de Da Rui, le

goal bien connu, s'élevait non loin de là et la poule venait de cette ferme : elle avait profité des leçons. D'un habile coup de tête, elle encaissa, renvoya le pain à cinq mètres de là et, tricotant comme une dératée, s'en saisit avant qu'il touchât le sol.

Elle disparut au loin, dans un nuage de poussière, emportant le pain sous son aile.

Verge s'était levé et la poursuivait.

— Jean ! cria le Major, laisse-la, ça ne fait rien. Tu vas attirer un gendarme.

— La garce ! haleta Jean en continuant à courir.

— Laisse-la ! hurla le Major et Jean revint en râlant ferme. Ça n'a pas d'importance, expliqua le Major, j'avais mangé un petit pain chez le boulanger.

— Ça me fait une belle jambe ! dit Verge, furieux.

— Et puis, maintenant qu'elle l'a mis sous son aile, il doit puer la volaille, dit le Major, dégoûté.

— Tu es bien aimable, conclut Jean. Tâchons de repartir pour en acheter un autre et, à l'avenir, je t'en prie, chasse la poule avec quelque chose qui ne se mange pas.

— Je veux bien faire ça pour toi, dit le Major. Je vais préparer une clef anglaise. Voyons un peu ce qu'a la bagnole.

— Tu ne l'avais pas arrêtée exprès ? demanda Joséphine, étonnée.

— Euh... Non, dit le Major.

VIII

Le Major saisit son détecteur à pannes, un stéthoscope transformé, et se faufila sous la voiture. Il se réveilla deux heures plus tard, bien reposé.

Verge et Joséphine se régalaient de pommes pas mûres dans un champ voisin.

Le major prit un tuyau de caoutchouc et siphonna dans le fossé les trois quarts de l'essence restante, afin d'alléger l'avant de la voiture. Puis il glissa le cric sous le longeron gauche, stabilisa sa Renault à quarante centimètres du sol et ouvrit le capot.

Il appliqua la capsule du stéthoscope sur le moteur et constata que la panne ne venait pas de là. Le ventilateur n'avait rien, le radiateur chauffait, donc marchait. Il lui restait le filtre à huile et la magnéto.

Il permuta la magnéto et le filtre à huile, fit un essai. Ça ne marchait pas.

Il les remit chacun à sa place respective et fit un nouvel essai. Ça marchait.

— Bon, conclut le Major. C'est la magnéto. Je m'y attendais. Il faut trouver un garage.

Il héla à grands cris Verge et Joséphine pour pousser la voiture. Il oublia d'enlever le cric et quand ils commencèrent leur effort le véhicule bascula et le pneu avant droit tomba juste sur le pied de Verge et éclata.

— Imbécile ! dit le Major, coupant court aux protestations de Verge. Tu l'as crevé ! Maintenant, répare-le.

— Au fait ! remarqua-t-il peu après, c'est idiot de pousser cette voiture. Joséphine va aller chercher un garagiste.

Elle partit sur la route et le Major s'installa commodément à l'ombre pour une sieste. Il mangeait un second petit pain chipé chez le boulanger.

— Rapporte un pain, si vous avez faim ! cria-t-il à Joséphine, comme elle disparaissait au tournant de la route.

IX

Le Major, son pain fini, s'était un peu éloigné en attendant le retour de Joséphine. Soudain, il aperçut à l'horizon deux képis bleus qui se dirigeaient vers lui.

Il se mit à courir, à voler plutôt, de profil on lui aurait donné cinq jambes, et atteignit la voiture. Verge, appuyé à un arbre, regardait dans le vague en fredonnant.

— Au travail ! commanda le Major. Coupe cet arbre. Voilà une clé anglaise.

Verge referma soigneusement son vague et obéit machinalement.

L'arbre abattu, il se mit à le débiter en bûchettes suivant les indications du Major.

Ils cachèrent les feuilles dans un trou et camouflèrent la voiture en meule à charbon de bois, qu'ils complétèrent en la recouvrant avec la terre du trou. Verge disposa au sommet un petit charbon du Sérail allumé, dont jaillissait une fumée odorante.

Le Major noircit au fusain sa figure et celle de Verge et chiffonna ses vêtements.

Il était temps, les gendarmes arrivaient. Le Major frissonnait.

— Alors ? dit le plus gros.

— On travaille ? compléta le second.

— Ben oui ! dit le Major en prenant l'accent charbonnier.

— Sent bon, votre bois ! dit le plus gros.

— Qu'est-ce que c'est ? demanda l'autre. Ça sent la pute, compléta-t-il avec un rire complice.

— C'est du camphrier et du santal, expliqua Verge.

— Pour la chaude-pisse ? dit le plus gros.

— Ah ! Ah ! fit le second.

— Ah ! Ah ! firent Verge et le Major, un peu rassurés.

— Faudra signaler aux Ponts et Chaussées de détourner la route, conclut le premier gendarme, parce que là, les voitures doivent vous gêner.

— Oui, faudra le faire, dit le second. Les voitures doivent vous gêner.

— Merci d'avance ! dit le Major.

— Au revoir ! crièrent les deux gendarmes en s'éloignant.

Verge et le Major leur lancèrent un sonore adieu

et, dès qu'ils se trouvèrent seuls, ils se mirent en devoir de démolir la pseudo-meule.

Ils eurent la désagréable surprise de constater que la voiture n'était plus dedans.

— Comment ça se fait ? dit Verge.

— J'en sais rien ! dit le Major. Ça me dépasse dans une certaine mesure.

— Tu es sûr que c'est une Renault ? dit Verge.

— Oui, dit le Major. J'y avais bien pensé. Ça serait une Ford, on comprendrait. Mais c'est bien une Renault.

— Mais c'est une Renault de 1927 ?

— Oui ! dit le Major.

— Tout s'explique, dit Verge, regarde.

Ils se retournèrent et virent la Renault qui broutait l'herbe au pied d'un pommier.

— Comment est-elle arrivée là ? dit le Major.

— Elle a creusé un trou. Toutes les fois qu'on la recouvrait de terre, celle de mon père en faisait autant.

— Ton père la recouvrait souvent de terre ? demanda le Major.

— Oh ! De temps en temps... Pas vraiment très souvent

— Ah ! fit le Major, soupçonneux.

— C'était une Ford, expliqua Verge.

Ils laissèrent la voiture et achevèrent de dégager la route. Ils avaient presque terminé lorsque Verge vit le Major s'aplatir dans l'herbe, l'œil fixe et lui faire signe de se taire.

— Une poule ! souffla-t-il.

Il se détendit brusquement et retomba de tout son long dans le fossé plein d'eau, sur la poule. Celle-ci plongea, fit quelques brasses, ressortit plus loin et s'enfuit en caquetant sans fin. Da Rui leur apprenait aussi à nager sous l'eau.

Juste à ce moment, le garagiste arrivait.

Le Major s'ébroua, lui tendit une main humide et dit :

— Je suis le Major. Vous n'êtes pas un gendarme, au moins ?

— Enchanté, dit l'autre. C'est la magnéto ?

— Comment le savez-vous ? dit le Major.

— C'est la seule chose de rechange que je n'ai pas, dit le garagiste. C'est pour ça.

— Non, dit le Major. C'est le filtre à huile.

— Alors, je vais pouvoir vous remettre une magnéto neuve, dit le garagiste. J'en ai amené trois à tout hasard. Ah ! Ah ! Je vous ai eu, hein ?

— Je les prends, dit le Major. Donnez-les-moi.

— Il y en a deux qui ne marchent pas...

— Ça ne fait rien, coupa le Major.

— Et la troisième est cassée...

— Tant mieux ! dit le Major. Mais dans ces conditions-là, je vais vous les payer...

— Ça fait quinze cents, dit le garagiste. Pour le montage, il faut...

— Je sais ! dit le Major. Tu veux le payer, Joséphine ?

Elle s'exécuta. Il lui restait mille francs.

— Merci ! dit le Major.

Et il tourna le dos à l'homme pour aller chercher la voiture.

Il la ramena, ouvrit le capot.

La magnéto était pleine d'herbe. Il la vida de la pointe du couteau.

— Vous me reconduisez ? dit le garagiste.

— Volontiers ! dit le Major. C'est mille francs, payables d'avance.

— Pas cher ! dit le garagiste. Les voilà !

Le Major empocha froidement.

— Montez ! dit-il.

Ils s'installèrent tous et le moteur partit tout seul du premier coup. Il fallut aller le rechercher et le remettre et, cette fois, le Major n'oublia pas de refermer le capot.

En arrivant devant le garage, la voiture s'arrêta net.

— Sans doute la magnéto, dit le garagiste. On va en mettre une des miennes.

Il fit la réparation.

— Je vous dois ? dit le Major.

— Je vous en prie !... Ce n'est pas la peine d'en parler !...

Il était debout devant la voiture.

Le Major embraya et l'écrasa et ils poursuivirent leur voyage.

X

Toujours par des chemins de traverse, ils gagnèrent les latitudes de Poitiers, Angoulême, Châtellerault et errèrent dans la région de Bordeaux. La peur du gendarme tirait vers le bas les traits gracieux du Major et son humeur se fragmentait.

Ils connurent à Montmoreau les affres du barrage d'agents. Grâce à son télescope, le Major les esquiva pile et vira sur la N. 709. Ils aboutirent à Ribérac sans un gramme d'essence.

— Il te reste mille francs ? dit le Major à Joséphine.

— Oui ! dit-elle.

— Donne.

Le Major acheta dix litres d'essence et, avec les mille francs qu'il avait récupérés sur le garagiste, se paya un terrible gueuleton.

De Ribérac à Chalais, la route fut courte. Par Martron et Montlieu, ils regagnèrent la N. 10 et, de là, joignirent Cavignac où Jean Verge avait un cousin.

XI

Vautrés dans une meule de foin, le Major, Verge et Joséphine attendaient.

Le cousin de Verge devait, en effet, leur confier un petit fût pour son frère, à Biarritz, et on était juste en train de presser le vin.

Le Major mâchonnait un brin de paille en méditant sur la fin prochaine du voyage. Verge pelotait Joséphine. Et Joséphine se laissait peloter.

Le Major tentait de faire le compte de sa collection de magnétos, car il en avait troqué quelques-unes à Aubeterre, Martron et Montlieu contre les kilos de sucre de Verge et se perdait dans les décimales.

Il se terra soudain dans la meule en voyant apparaître une visière de cuir bouilli, mais c'était le facteur. Il ressortit avec deux souris dans ses poches et des brins de paille plein la tête.

En fait, la voiture ne risquait rien des gendarmes, enfermée dans l'écurie du cousin, mais ce voyage donnait des réflexes inévitables.

Le Major appréciait la vie végétative que l'on menait chez le cousin. Le matin, on mangeait du céleri, le soir, de la compote et, entre-temps, diverses nourritures, et puis, on dormait. Verge pelotait Joséphine et Joséphine se laissait peloter.

Il y eut trois jours de ce régime et l'on vint pourtant annoncer que le pinard était prêt. Verge commençait à se sentir fatigué. Au contraire, le moral du Major plafonnait et il se rappelait à peine l'existence d'une certaine famille Bison qui, à Saint-Jean-deLuz, devait coucher à la belle étoile en attendant l'arrivée du Major et des clés de l'appartement.

Le Major fit de la place dans la malle arrière de la voiture et y casa commodément le baril de vin.

Chacun dit adieu au cousin de Verge et, bravement, la Renault fonça sur Saint-André-de-Cubzac, obliqua à gauche vers Libourne et prit un dédale de petites routes, doublant Branne, Targon et Langoiran pour aboutir à Hostens.

Une semaine exactement venait de s'écouler depuis le départ de la rue Cœur-de-Lion. A Saint-Jean-de-Luz, la famille Bison, logée depuis cinq jours dans. une pièce trouvée par miracle, se représentait avec jubilation le Major derrière les épais barreaux d'une geôle de province.

Pour lors, se représentant à son tour ce dernier spectacle, le Major appuya sur le champignon, la Renault regimba et la magnéto explosa.

Un garage s'élevait à cent mètres.

— J'ai une magnéto toute neuve, dit le garagiste. Je vais vous monter ça ! C'est trois mille francs, annonça-t-il.

Il avait mis trois minutes à faire l'échange.

— Vous ne préférez pas du vin ? dit le Major.

— Merci ! Je ne bois que du cognac, répondit le garagiste.

— Ecoutez, dit le Major, je suis un honnête homme. Je vais vous laisser ma carte d'identité et ma carte d'alimentation en gage, et je vous enverrai l'argent de Saint-Jean-de-Luz. Je n'en ai plus sur moi. Des manants me l'ont esbroufé !

Le garagiste, séduit par les belles manières du Major, se prêta à l'arrangement.

— Vous n'auriez pas un peu d'essence pour mon briquet ? demanda le Major.

— Servez-vous, s'il vous plaît, à la pompe, dit le mécanicien.

Et il rentra pour ranger les papiers du Major.

Ce dernier ne prit que les vingt-cinq litres dont il avait besoin et remit tout en ordre.

Et il leva les yeux... Là-bas, derrière, deux agents à bicyclette.

Le temps se faisait menaçant.

— Montez vite ! commanda-t-il.

Le Chadburn cliqueta, le Major démarra lentement et fonça, à travers champs, droit sur Dax.

Les gendarmes, dans le rétroviseur, n'étaient plus

qu'un point mais, malgré les efforts du Major, ce point ne disparaissait pas. Une colline vint à se présenter. La voiture l'aborda en trombe. Il pleuvait à seaux. Les éclairs engluaient le ciel de lueurs poisseuses.

La colline s'accentuait et devenait une montagne.

— Il va falloir lâcher du lest ! dit Verge.

— Jamais ! répondit le Major. On la montera.

Mais l'embrayage patinait et une bonne odeur d'huile brûlée venait du plancher.

Par malheur, le Major perçut une poule.

Il freina net. La voiture fit un panache et retomba juste sur la tête du malheureux volatile qui fut tué net. Elle s'arrêta. Le Major triomphait. Mais il dut, en paiement, donner au paysan qui attendait à côté, tapi dans un trou ad hoc, comme dirait Jules Romains, les trois derniers kilos de sucre de Verge.

Il n'emporta pas la poule, inutilisable (elle rétrécissait avec la pluie), et exhala quelques clameurs de rage.

Mais, surtout, il ne put démarrer de nouveau.

L'embrayage hurlait de douleur et le moteur semblait prêt à rompre ses carters. La vibration des ailes fut si forte que la Renault quitta le sol en bourdonnant et monta flairer un catalpa en fleur. Mais elle n'avança pas.

Le point dans le rétroviseur grossissait peu à peu.

Le Major s'attacha au volant avec une courroie.

— Le lest ! hurla-t-il.

Verge précipita au dehors deux magnétos.

La voiture trembla mais ne bougea pas.

— Encore ! rugit le Major d'une voix navrée.

Alors, Verge projeta coup sur coup sept magnétos à l'extérieur. La voiture fit un bond terrible en avant et, dans un fracas de pluie, de grêle, de moteur, gravit d'une traite la colline.

Les gendarmes avaient disparu. Le Major essuya son front et conserva son avance. Dax, Saint-Vincent-de-Tyrosse se succédèrent.

A Bayonne, on apercevait de loin un barrage de police. Le Major bloqua le klaxon et fit un signe de Croix-Rouge en passant. Les gendarmes ne remarquèrent même pas qu'il le faisait à l'envers, ayant été élevé par une nourrice russe. Mais à l'arrière, pour l'ambiance, Verge venait de déshabiller Joséphine et lui avait entortillé sa combinaison autour de la tête comme un pansement. Il était neuf heures du soir. Les gendarmes firent signe de passer.

Le Major franchit le barrage et s'évanouit, puis se désévanouit en laissant le pare-chocs sur une borne kilométrique.

La Négresse...

Guétary...

Saint-Jean-de-Luz...

L'appartement de la grand-mère, 5 rue Mazarin...

Il faisait nuit.

Le Major laissa la voiture devant la porte et enfonça cette dernière. Ils se couchèrent, épuisés, sans remarquer la non-présence des Bisons. Ceux-ci avaient, à vrai dire, reculé devant la nécessité, pour se loger, d'enfoncer ladite porte et préparaient, en conséquence, au Major, une chaleureuse réception dans la sordide cuisine-à-couchettes-superposées qu'on avait consenti à leur louer mille francs par jour.

A l'aube, le Major ouvrit les yeux.

Il s'étira et mit sa robe de chambre.

Dans l'autre chambre, Verge et Joséphine commençaient à se décoller l'un de l'autre en versant de l'eau chaude.

Le Major fut à la fenêtre et l'ouvrit.

Il y avait six agents devant la porte. Ils regardaient la voiture.

Alors, le Major avala une dose massive de fulmicoton et heureusement que ça n'explosa pas, parce que, lorsqu'il l'eut parfaitement digéré, il trouva absolument normal de voir des agents en station devant le commissariat de police, au 6 rue Mazarin.

Et sa voiture lui fut donc confisquée à Biarritz, huit jours après, au moment où il commençait à se lier d'amitié avec un commissaire de police, contrebandier notoire, dont la conscience était chargée du meurtre de cent neuf douaniers espagnols.

L'AMOUR EST AVEUGLE

I

Le cinq août à huit heures, le brouillard couvrait la ville. Léger, il ne gênait pas du tout la respiration et se présentait sous une apparence singulièrement opaque ; il semblait, en outre, fortement teinté de bleu.

Il s'abattit en nappes parallèles ; d'abord, il moutonnait à vingt centimètres du sol et l'on marcha sans voir ses pieds. Une femme qui habitait au numéro 22 de la rue Saint-Braquemart laissa tomber sa clé au moment d'entrer chez elle et ne put la retrouver. Six personnes, dont un bébé, vinrent à son aide ; entre-temps, la deuxième nappe tomba et on retrouva la clé mais pas le bébé qui avait pris le large sous le couvert du météore, impatient d'échapper au biberon et de connaître les joies sereines du mariage et de l'établissement. Treize cent soixante-deux clés et quatorze chiens s'égarèrent ainsi dans la première matinée. Las de surveiller leurs bouchons en vain, les pêcheurs devinrent fous et partirent pour la chasse.

Le brouillard s'entassait en épaisseurs considérables au bas des rues en pente et dans les creux ; en longues flèches, il filait par les égouts et les puits d'aération ; il envahit les couloirs du métro, qui s'arrêta de fonctionner lorsque le flot laiteux atteignit le niveau des feux rouges ; mais, à ce moment-là, déjà, la troisième nappe venait de descendre et, dehors, on baignait jusqu'aux genoux dans une nuit blanche.

Ceux des quartiers hauts, se croyant d'abord favo-

risés, raillèrent ceux du bord du fleuve, mais au bout
d'une semaine, tous furent réconciliés et purent se
cogner de la même façon contre les meubles de leur
chambre ; car le brouillard s'était maintenant installé jusqu'au sommet des constructions les plus
hautes. Et si le clocheton de la tour fut le dernier à
disparaître, en fin de compte, la poussée irrésistible
du raz-de-marée opaque le submergea tout entier.

II

Orvert Latuile se réveilla le treize août d'un sommeil de trois cents heures ; il sortait d'une cuite un
peu sévère et se crut tout d'abord aveugle : c'était
faire bien de l'honneur aux alcools qu'on lui avait servis. Il faisait nuit, mais d'une nuit différente ; car, les
yeux ouverts, il ressentait l'impression que l'on
éprouve lorsque le jet d'une lampe électrique tombe
sur les paupières closes. D'une main malhabile, il
chercha le bouton de la radio. Elle marchait et les
informations l'éclairèrent à demi.

Sans tenir compte des commentaires zoiseux du
spicaire, Orvert Latuile réfléchit, se gratta le nombril
et reconnut en flairant son ongle qu'il méritait un
bain : mais la commodité de ce brouillard jeté sur
toutes choses comme le manteau de Noé sur Noé, ou
comme la misère sur le pauvre monde, ou comme le
voile de Tanit sur Salammbô[1], ou comme un chat

---

1. Noé : La *Genèse* (VI-IX) raconte comment, ayant inventé la
vigne et le vin, il gisait ivre et nu sous sa tente, ce que vit, ô sacri-
lège ! son fils Cham ; mais les bons fils Sem et Japhet couvrirent
— à reculons — leur père d'un pudique manteau.
Salammbô : L'héroïne du roman de G. Flaubert (1862) est ado-
ratrice de la déesse lunaire Tanit, protectrice de Carthage ; pour
sauver le « zaïmph », voile sacré dérobé par le révolté Matho, elle
va se donner à lui dans sa tente ; enveloppée de ce talisman, elle
le rapporte et sauve la ville, mais ce contrat interdit lui sera fatal...

dans un violon, le fit conclure à l'inutilité d'un bain. D'ailleurs, ce brouillard avait une douce odeur d'abricot poitrinaire et devait tuer les relents personnels. En outre, le son portait bien et les bruits prenaient, à s'envelopper dans cette ouate, une curieuse résonance, claire et blanche comme la voix d'un soprano lyrique dont le palais, défoncé par une chute malheureuse sur le mancheron d'une charrue, serait remplacé par un appareil de prothèse en argent forgé.

D'abord, Orvert balaya de son esprit tous les problèmes et décida d'agir comme si de rien n'était. En conséquence de quoi il se vêtit sans mal, car ses vêtements étaient rangés à leur place ; c'est-à-dire les uns sur des chaises, d'autres sous le lit, les chaussettes dans les souliers, un des souliers dans un vase et l'autre sous le pot de chambre.

— Bon Dieu, se dit-il, quel drôle de truc que ce brouillard.

Cette réflexion sans grande originalité le sauva du dithyrambe, de l'enthousiasme ordinaire, de la tristesse et de la noire mélancolie en plaçant le phénomène dans la catégorie des choses simplement constatées. Mais il s'enhardissait peu à peu et s'accoutumait à l'inhabituel au point d'envisager quelques expériences humaines.

— Je descends chez ma logeuse et je laisse ma braguette ouverte, dit-il. On va bien voir s'il y a du brouillard ou si c'est mes yeux.

Car l'esprit cartésien du Français le porte à douter de l'existence d'un brouillard opaque, même s'il l'est assez pour lui boucher la vue ; et ce n'est pas ce que l'on peut dire à la radio qui risque d'orienter sa décision pour lui faire conclure à l'étrange. La radio, c'est tous des abrutis.

— Je la sors, dit Orvert, et je descends comme ça.

Il la sortit, et descendit comme ça. Pour la première fois de sa vie, il remarqua le craquement de la première marche, le crainquement de la seconde, le criquement de la quatrième, le croquement de la sep-

tième, le frouttement de la dixième, le chuintement
de la quatorzième, le brruiquement de la dix-sep-
tième, le gyyment de la vingt-deuxième et le zouin-
guement de la rampe en laiton dévissée de son sup-
port terminal.

Il croisa quelqu'un qui montait en se tenant au
mur.

— Qui est-ce ? dit-il en s'arrêtant.

— Lerond ! répondit monsieur Lerond, le loca-
taire d'en face.

— Bonjour, dit Orvert. Ici Latuile.

Il tendit la main et rencontra quelque chose de
ferme qu'il lâcha avec étonnement, Lerond eut un
rire gêné.

— Faites excuse, dit-il, mais on n'y voit rien, et ce
brouillard est diablement chaud.

— C'est vrai, dit Orvert.

Pensant à sa braguette ouverte, il fut vexé de
constater que Lerond avait eu la même idée que lui.

— Alors, au revoir, dit Lerond.

— Au revoir, dit Orvert, en lâchant sournoisement
les trois crans de sa ceinture.

Son pantalon lui tomba sur les pieds et il le retira,
puis le précipita dans la cage d'escalier. C'est un fait
que ce brouillard était chaud comme une caille fié-
vreuse ; et si Lerond se baladait avec son bazar à l'air,
Orvert ne pouvait pas rester habillé comme ça ? Tout
ou rien.

Sa veste et sa chemise volèrent. Il garda ses souliers.

En arrivant au bas de l'escalier, il cogna doucement au carreau de la loge.

— Il y a du courrier pour moi ? demanda Orvert.

— Oh ! Monsieur Latuile ! s'esclaffa la grosse
dame, toujours le mot pour rire... Alors... vous avez
bien dormi, comme ça ? J'ai pas voulu vous déran-
ger... mais vous auriez vu les premiers jours de ce
brouillard !... Tout le monde était fou. Et maintenant... eh ben, on s'habitue...

Il reconnut qu'elle s'approchait de lui au parfum puissant qui réussit à franchir la barrière laiteuse.

— Y a que pour se faire son manger que c'est pas très commode, dit-elle. Mais c'est drôle, ce brouillard... ça nourrit, comme qui dirait ; moi, tenez, je mange bien... eh ben depuis trois jours, un verre d'eau, un bout de pain, et je suis contente.

— Vous allez maigrir, dit Orvert.

— Ah ! Ah ! gloussa-t-elle, avec son rire comme un sac de noix qui descend du sixième étage. Tâtez voir, monsieur Orvert, j'ai jamais été si en forme. Même mes estomacs qui remontent... Tâtez voir...

— Mais... heu... dit Orvert.

— Tâtez voir, je vous dis.

Elle lui prit la main au jugé et la posa sur la pointe d'un des estomacs en question.

— Etonnant ! constata Orvert.

— Et j'ai quarante-deux ans, dit la logeuse. Hein ! on le dirait plus ! Ah !... celles qui sont comme moi, un peu fortes, d'un sens, ça les avantage...

— Mais bon sang ! dit Orvert, frappé... vous êtes à poil !...

Car il les rencontrait en laissant retomber sa main. La logeuse se rapprochait.

— Eh ben, et vous ! dit-elle.

— C'est vrai, se dit Orvert. Quelle drôle d'idée j'ai eue là.

— Ils zondit à la téessef, poursuivit la logeuse, que c'est un aréosol aphrobaisiaque.

— Ah ! dit Orvert ; la logeuse venait au contact avec une respiration courte et il eut un instant la sensation d'être refait par ce sacré brouillard.

— Ecoutez voir, madame Panuche, implora-t-il. On n'est pas des bestiaux. Si c'est un brouillard aphrodisiaque, faut se retenir, cré nom.

— Oh, oh ! dit madame Panuche d'une voix entre-coupée, et elle plaça ses mains avec précision.

— Ça m'est égal, dit Orvert très digne. Débrouillez-vous, moi je ne m'occupe de rien.

— Ben, marmonna la logeuse sans perdre contenance, monsieur Lerond est plus aimable que vous. Avec vous, faut faire tout le travail.

— Ecoutez, dit Orvert, je me réveille d'aujourd'hui... Je ne suis pas habitué, moi.

— Je vais vous montrer, dit la logeuse.

Puis il se passa des choses sur lesquelles il vaut mieux jeter le manteau du pauvre monde comme sur la misère de Noé, de Salammbô et du voile de Tanit dans un violon.

Orvert sortit de la loge très fringant. Dehors, il prêta l'oreille. Voilà ce qui manquait : le bruit des voitures. Mais d'innombrables chansons s'élevaient. Des rires fusaient de toutes parts.

Un peu étourdi, il s'avança sur la chaussée. Ses oreilles n'étaient pas habituées à un horizon sonore d'une telle profondeur, il s'y perdait un peu. Il s'aperçut qu'il réfléchissait à voix haute.

— Bon Dieu, dit-il. Un brouillard aphrodisiaque ! Comme on le voit, les réflexions en question variaient peu. Mais il faut se mettre à la place d'un homme qui dort pendant onze jours ; qui se réveille dans une obscurité totale, compliquée d'une sorte d'empoisonnement licencieux et généralisé, qui constate que sa grosse logeuse croulante s'est transformée en une Walkyrie aux seins aigus et plantureux, Circé avide d'une caverne de plaisirs imprévus.

— Mince ! dit encore Orvert, pour préciser sa pensée.

S'apercevant soudain qu'il était debout en plein milieu de la rue, il prit peur et recula jusqu'au mur, dont il suivit la corniche pendant cent mètres. Là, c'était la boulangerie. Une hygiène appliquée lui ordonnait de consommer quelque nourriture après toute activité physique notable, et il entra pour manger un petit pain.

Il y avait grand bruit dans la boutique. Orvert était un homme de peu de préjugés, mais lorsqu'il comprit ce qu'exigeait la boulangère de chaque client et le boulanger de chaque cliente, il sentit ses cheveux se dresser sur sa tête.

— Si je vous donne un pain de deux livres, dit la boulangère, je suis en droit de vous demander le format correspondant, diable !

— Mais, madame, protesta l'organe aigu d'un petit vieillard en qui Orvert reconnut monsieur Curepipe, le vieil organiste du bout du quai... mais, madame...

— Et vous jouez de l'orgue à tuyaux ! dit la boulangère.

Monsieur Curepipe se fâcha.

— Je vous enverrai mon orgue, dit-il fièrement, et il se dirigea vers la sortie, mais Orvert était là et le choc lui coupa la respiration.

— Au suivant ! glapit la boulangère.

— Je voudrais un pain, dit Orvert avec peine, en se massant l'estomac.

— Un pain de quatre livres pour monsieur Latuile, vociféra la boulangère.

— Non ! Non ! gémit Orvert, un petit pain.

— Mufle ! dit la boulangère.

Et, s'adressant à son mari :

— Tiens, Lucien, occupe-toi de lui, ça lui apprendra.

Les cheveux d'Orvert se dressèrent sur sa tête et il s'enfuit à toutes jambes ; en plein dans la vitrine. Elle résista.

Il en fit le tour et sortit enfin. Dans la boulangerie l'orgie continuait. Le mitron s'occupait des enfants.

— Enfin, bigre, maugréait Orvert sur le trottoir. Si je préfère choisir, moi ? Avec la gueule qu'elle a, cette boulangère.

Et puis il se rappela la pâtisserie après le pont. La serveuse avait dix-sept ans et la bouche en cœur, et un petit tablier gaufré... peut-être qu'elle ne portait que son petit tablier...

Orvert partit à grands pas vers la pâtisserie. Il tomba trois fois sur des corps enlacés dont il ne s'amusa pas à repérer les combinaisons. Mais dans un cas au moins, ils étaient cinq.

— Rome ! murmura-t-il. Quo Vadis ! Fabiola ! et cum spirituo tuo[1] ! Les orgies ! Oh !

Il se frottait la tête, ayant récolté à la suite de son contact avec la vitrine un œuf de pigeon des mieux venus. Et il pressait l'allure, car une présence qui participait de sa personne, mais le précédait d'une bonne longueur, l'incitait à arriver le plus vite possible.

Pensant qu'il approchait du but, il tâcha de rejoindre les maisons, pour se guider au toucher. Il reconnut la vitrine de l'antiquaire au disque rond de contreplaqué boulonné qui maintenait en place une des glaces fêlées. La pâtisserie dans deux maisons.

Et il heurta de plein fouet un corps immobile qui lui tournait le dos, Il poussa un cri.

— Poussez pas, dit une grosse voix, et tâchez moyen de m'enlever ça des fesses, sinon vous allez vous faire murer la gueule...

— Mais... euh... qu'est-ce que vous croyez, dit Orvert.

Il obliqua à gauche pour dépasser. Second choc.

— Alors quoi, dit une autre voix d'homme. A la queue, comme tout le monde.

Il y eut un grand rire.

— Hein ? dit Orvert.

— Oui, dit une troisième voix, bien sûr, vous venez pour Nelly.

— Oui, balbutia Orvert.

— Ben prenez la queue, dit l'homme. On est déjà soixante.

1. *Quo vadis ?* : Roman sur le christianisme naissant de H. Sienkiewicz (1896), Prix Nobel 1905. Plusieurs films en furent adaptés avec mises en scène somptueuses, dès 1912, le plus marquant étant la « colossale » production M.G.M. entreprise en 1949 par J. Huston et abandonnée avant d'être reprise en 1951 par Mervyn Le Roy.

Fabiola ou L'Eglise des catacombes (1854), roman du cardinal anglais Wiseman, devenu film en 1948 par la grâce d'Alessandro Blasetti et marqué par l'idylle, à l'écran puis à la ville, de Michèle Morgan et d'Henri Vidal.

Et cum spiritu tuo : Cf. L'Automne à Pékin.

Orvert ne répondit rien. Il était navré.

Il repartit, sans savoir si elle avait son petit tablier gaufré. Il prit la première à gauche. Une femme venait en sens inverse. Ils tombèrent tous deux assis par terre.

— Je m'excuse, dit Orvert.

— C'est ma faute, dit la femme. Vous teniez votre droite.

— Puis-je vous aider à vous relever, dit Orvert. Vous êtes seule, oui ?

— Et vous ? dit-elle. Vous n'allez pas me sauter dessus à cinq ou six ?

— Vous êtes bien une femme ? continua Orvert.

— Voyez vous-même, dit-elle.

Ils s'étaient rapprochés l'un de l'autre et Orvert sentit contre sa joue des cheveux longs et soyeux. Ils étaient agenouillés l'un devant l'autre.

— Où peut-on être tranquille ? dit-il.

— Au milieu de la rue, dit la femme.

Ils s'y rendirent, se repérant sur le bord du trottoir.

— J'ai envie de vous, dit Orvert.

— Moi de vous, dit la femme. Je m'appelle...

Orvert l'arrêta.

— Ça m'est égal, dit-il. Je ne veux rien savoir d'autre que ce que mes mains et mon corps sauront de vous.

— Prenez, dit la femme.

— Naturellement, constata Orvert, vous n'avez pas de vêtements.

— Vous non plus, dit-elle.

Il s'allongea contre elle.

— Rien ne nous presse, dit-elle. Commencez par les pieds et remontez.

Orvert fut choqué. Il le dit.

— Comme ça, vous vous rendrez compte, dit la femme. Nous n'avons plus à notre disposition, vous le dites vous-même, que le moyen d'investigation de notre peau. N'oubliez pas que je n'ai plus peur de votre regard. Votre autonomie érotique est dans le lac. Soyons francs et directs.

— Vous causez bien, dit Orvert.

— Je lis *Les Temps modernes*[1], dit la femme. Allez, dépêchez-vous de faire mon initiation sexuelle.

Ce que fit Orvert à de nombreuses reprises et de diverses façons. Elle avait des dispositions indubitables, et le domaine du possible est étendu quand on n'a pas peur que la lumière s'allume. Et puis, ça ne s'use pas, après tout. L'enseignement que lui donna Orvert de deux ou trois artifices non négligeables, et la pratique d'une jonction symétrique plusieurs fois répétée introduisit de la confiance dans leurs relations.

C'était là une vie simple et douce qui fait les hommes à l'image du dieu Pan.

III

Cependant la radio signala que des savants notaient une régression régulière du phénomène et que la couche de brouillard baissait de jour en jour.

Il y eut un grand conseil, la menace étant de taille. Mais on trouva vite une solution, car le génie de l'homme est à mille facettes, et lorsque le brouillard se dissipa, ce qu'indiquèrent des appareils détecteurs spéciaux, la vie put continuer heureuse, car tous s'étaient crevé les yeux.

1. *Les Temps modernes* : Revue littéraire et philosophique fondée en 1946 par Sartre, Merleau-Ponty, Beauvoir et autres. Vian y publia « Les Fourmis », des extraits de *L'Ecume des jours* et des *Chroniques du menteur*.

MARTIN M'A TÉLÉPHONÉ...

I

Martin m'a téléphoné à cinq heures. J'étais à mon bureau, j'écrivais je ne sais plus quoi, une chose inutile, sûrement ; je n'ai pas eu trop de mal à comprendre. Il parle anglais avec un accent mélangé américain et hollandais, il doit être juif aussi, ça fait un tout un peu spécial, mais, dans mon téléphone, ça va ; il fallait être à sept heures et demie rue Notoire-du-Vidame, à son hôtel, et attendre, et il lui manquait un batteur. Je lui ai dit : — *Stay here, I will call Doddy right now.* Et il a dit : — *Good Roby, I stay.* Doddy n'était pas à son bureau. J'ai demandé qu'il me rappelle. Il y avait sept cent cinquante balles à gagner pour jouer de huit heures à minuit en banlieue. J'ai rappelé Martin, et il m'a dit : — *Your brother can't play ?* et j'ai dit : — *Too far. I must go back home now, and eat something before I go to your hotel.* et il a dit : — *So ! Good, Roby, don't bother, I'll go and look for a drummer. Just remember you must be at my hotel at seven thirty.* Miqueut n'était pas là et j'ai dévissé à six heures moins le quart, une demi-heure de rabiot ; je suis rentré chercher ma trompette. Je me suis rasé, quand on joue pour la Croix-Rouge, on ne sait jamais ; si c'est pour des officiers, c'est gênant d'être dégueulasse, tout au moins la figure. Les vêtements, on n'y peut rien, quoiqu'ils ne le sachent pas quand même. Je me suis écorché la gueule, je ne peux pas me raser deux jours de suite, ça fait trop mal, enfin c'était mieux que rien. Je n'ai pas eu le

temps de dîner complètement, j'ai mangé une assiet-
tée de soupe, j'ai dit bonsoir et je suis parti. Il faisait
tiédasse, c'était encore le chemin de mon bureau, je
travaille aussi rue Notoire-du-Vidame. Martin m'a
dit : — On sera payé juste après avoir joué. J'aimais
mieux ça ; d'habitude, à la Croix-Rouge, ils vous font
attendre des semaines pour vous payer et il faut aller
rue Caumartin, ce n'est pas pratique, avec Miqueut.
Je n'aimais pas l'idée d'aller rejouer avec Martin, il
est trop fort au piano, c'est un professionnel, et il râle
quand on ne joue pas bien. S'il ne voulait pas de moi
il ne m'aurait pas téléphoné. Sûrement il y aurait
aussi Heinz Neuman. Martin Romberg, Heinz Neuman, tous les deux Hollandais. Heinz, lui, parlait un
peu français : — Je voudrais vous reverrer ? C'est
comme ça qu'on dit ? Il me demandait ça la fois
d'avant, au *Normandie Bar,* c'est là qu'il y avait la
tapette, Freddy, pendant la guerre, il s'enfermait
pour téléphoner dans la cabine camouflée en
armoire normande et il disait : — Oui oui oui oui oui
oui... d'un ton suraigu à la manière allemande, avec
un rire artificiel et bien détaché. C'est moche le *Normandie,* avec ses fausses poutres apparentes en liège
aggloméré ; j'y avais chipé tout de même le numéro
du 28 août du *New Yorker*, et celui de septembre de
Photograpby où on voit la gueule du citoyen Weegee
qui s'amuse à prendre des photos de New York sous
tous les aspects, surtout d'en haut ; pendant les
vagues de chaleur, les gens des quartiers populeux,
qui dorment sur les paliers des échelles d'incendie,
quelquefois cinq six gosses, et des filles de seize ou
dix-sept ans, presque à poil ; peut-être que dans son
livre on en voit encore plus, ça s'appelle *Naked City*,
et on ne le trouvera probablement pas en France.
J'arrivais rue de Trévise, c'est noir, la barbe, ce chemin tous les jours, et puis je suis passé devant mon
bureau, il est au début de la rue Notoire-du-Vidame,
et, tout au bout, l'hôtel de Martin. Il n'était pas là,
personne n'était là, le truck non plus. J'ai regardé par
la porte de l'hôtel... A gauche, il y avait à une table

en rotin un homme et une femme qui consultaient quelque chose ensemble. Au fond, on voyait, par une porte ouverte, la table du gérant ou du patron qui dînait avec sa famille. Je ne suis pas entré. Martin m'aurait attendu là. J'ai mis ma boîte à trompette debout sur le trottoir et je me suis assis dessus en attendant le truck, Heinz et Martin. Le téléphone a sonné dans l'entrée de l'hôtel et je me suis levé, c'était sûrement Martin. Le patron est sorti : — Est-ce que monsieur Roby... — C'est moi ; j'ai pris le récepteur. Ce téléphone-là ne transmettait pas comme au bureau, plus aigre, et j'ai dû faire répéter, il était près de chez Doddy, pas de Doddy, et il fallait passer le prendre chez Marcel, 73 rue Lamarck, *seventy-three*. Bon, il a été dîner là, trop flemmard pour revenir à son hôtel, le truck peut bien passer le prendre. J'ai essayé de téléphoner à Temsey pour avoir au moins une guitare, d'accord avec Martin. Pas de Temsey. Ça va, on jouera trompette, clarinette et piano, mais c'est plus pompant... et toutes les lumières se sont éteintes dans la rue, la panne ; je me suis assis sur ma boîte à trompette contre le mur à droite de l'hôtel et j'ai attendu. Une petite fille est sortie en courant de l'hôtel, elle a fait un écart en me voyant, et en revenant, elle s'est tenue à distance. Il faisait très noir dans la rue. Une grosse femme avec un cabas est passée devant moi. Je l'avais vue en arrivant, en noir, l'air mère de famille campagnarde ; non, elle faisait la retape, c'est drôle ce n'est pourtant pas un coin fréquenté. Il y a eu des phares au bout de la rue. Jaunes, ce n'était pas le truck, ceux des Américains sont blancs. Une 11 noire, pour changer. Ensuite un camion, mais un français, vingt à l'heure au bas mot. Et puis le bon, il s'est rangé à moitié sur le trottoir, et il a éteint ses phares ; simplement pour pisser le long du mur. Signes de reconnaissance. On a bavardé. Les autres vont arriver ? Il n'y en a qu'un autre, Heinz. Déjà huit heures moins cinq. Le type, ancien machiniste à la T.C.R.P. habillé en Américain. Je ne savais pas quoi lui dire, il était assez sympa-

thique. Je lui ai demandé si le truck était propre à
l'intérieur. La dernière fois, dans celui du show-boat,
je m'étais assis dans l'huile et j'avais salopé mon
imper ; non celui-là est propre, je me suis installé à
l'arrière, les jambes pendantes au-dehors, on attendait Heinz. Le type ne pouvait pas tellement poireau-
ter. A neuf heures et quart il avait son colonel américain qui l'attendait et il devait prendre sa voiture
au garage. Je lui ai dit : — Sûrement, il ne se balade
pas dans le truck et sa voiture est mieux que ça...
— Pas tellement... pas une voiture américaine, mais
une Opel. J'ai entendu marcher. Ce n'était pas encore
Heinz. Les lumières se sont rallumées d'un seul coup
et le conducteur m'a dit : — On ne peut plus
attendre, il faut que je donne un coup de fil, que le
garagiste prépare une jeep pour vous prendre et moi
j'irai chercher mon colonel, vous parlez anglais ?
— Oui. — Vous leur expliquerez... — Bon. Et Heinz
est arrivé, il s est mis à râler en apprenant qu'il fallait chercher Martin ; toutes les fois, il lui casse du
sucre, mais quand ils sont ensemble, ils passent leur
temps à rigoler en hollandais et à se foutre des autres
qui jouent avec eux, je sais bien, parce que, tout de
même, je comprends un peu ce qu'ils disent, ça res-
semble à l'allemand. Les Hollandais, tous des
salauds, des demi-boches, encore plus lèche-culs
quand ils ont quelque chose à vous demander, et
pingres comme on n'a pas idée, et puis, je n'aime pas
cette façon de s'aplatir devant le client pour avoir des
cigarettes ; après tout, on a au moins un peu de style,
et eux, ils tournent la manivelle, et puis moi je les...
Oui, je suis ingénieur, après tout, et c'est bien le plus
bête, en trois lettres, de tous les métiers, mais ça rapporte de la considération et des illusions. Mais s'il me
suffisait d'appuyer sur le bouton, pan... plus de Martin, plus de Heinz, au revoir. Ce n'est pas une raison
parce qu'ils sont musiciens, les professionnels sont
tous des salauds. Le conducteur est revenu et on est
remontés, Heinz pensait avoir un batteur à neuf
heures, mais où allait-on ? Le conducteur devait

nous emmener 7 place Vendôme, c'est tout ce qu'il savait. Il n'aurait pas le temps, alors on est partis, direction rue de Berri, dans la rue de Rivoli, il râlait parce qu'avec les truck militaires on ne peut pas dépasser vingt milles. Il a tourné à angle droit pour éviter un sens interdit, sacrées reprises. Devant quoi on était passés ? Oui, le Park Club, aux Ambassadeurs, je n'y ai pas encore joué, mais j'ai joué au Colombia, ce jour-là c'était plein de belles filles, c'est dommage de les voir avec les Américains, et puis ça les regarde, plus elles sont bien, plus elles sont con, moi je m'en fous, c'est pas pour baiser, je suis trop fatigué mais c'est pour les regarder, il n'y a rien que j'aime comme regarder des jolies filles, si... fourrer son nez dans leurs cheveux quand elles sont parfumées, c'est pas méchant, et il a freiné sec, c'était le garage. Un grand gars, habillé en Américain. Français ? Américain ? peut-être juif aussi, il avait l'écusson Stars and Stripes sur l'épaule, c'est le garage du journal. Heinz a demandé à téléphoner à son batteur. J'ai expliqué le coup à un gars qui s'en foutait, il avait pas envie de se remuer. Heinz est revenu. Pas de batteur. — Bon, alors on tiendrait dans une jeep ? — Oui, mais on n'a pas de conducteur. Je les ai laissés se démerder, la barbe, j'en ai marre de parler avec eux, et puis, on prend un de ces accents dégueulasses, après les Anglais vous regardent avec réprobation, et puis merde, ils me font tous chier. Ils se sont arrangés, le conducteur avait trouvé. — On va prendre l'Opel, chercher Martin et il nous mènera place Vendôme ensuite. L'Opel était grise, assez bien, il l'a amenée devant l'entrée et on s'est collés dedans avec Heinz, c'est déjà mieux qu'un truck, Heinz, il en rigolait d'aise. Mais c'est de la sale bagnole, ça tremblait, un ralenti infect, je me rappelle la Delage, on posait un verre d'eau sur le garde-boue, pas une ride. C'était une six cylindres, c'est le moteur qu'on peut le mieux équilibrer. Le conducteur ne s'installait pas, ils le faisaient attendre pour avoir sa feuille de sortie. On était déjà vingt minutes en retard sur l'heure.

Je m'en foutais, après tout, c'est Martin le chef, il se
débrouillera avec eux. Une jeep à remorque est
entrée dans le garage, ils ont l'air de types en 1900
avec leurs peaux de bique dans les baquets, leurs
grandes guiboles repliées et les genoux sous les yeux.
On le gênait pour entrer, il en est monté un dans
l'Opel, il l'a reculée de deux mètres et quand l'autre
était passé, il l'a remise juste à sa place, quel con. Je
devenais en rogne. Enfin il a eu son papier, on est sor-
tis, sale bagnole, dans les virages c'était à dégueuler,
tout était mou, la suspension, la direction, ça se cal-
cule, j'avais appris ça ; pour une certaine valeur de
la période, on a le mal de mer. Les Allemands le
savent sûrement mais eux n'ont peut-être pas le mal
de mer pour la même période. Devant Saint-Lazare,
on a failli entrer dans une Matford, il traversait sans
rien regarder. On a grimpé la rue d'Amsterdam, les
boulevards extérieurs, la rue Lamarck, c'est à droite,
le 73, je lui ai dit, et devant chez Marcel, je suis descendu, Martin regardait la porte, assis à une table,
il m'a vu, c'est bien ça, salaud, trop la flemme pour
revenir rue Notoire-du-Vidame et il a bouffé là. Il est
arrivé, ça faisait très gangster, le signe à travers la
porte. Ils se sont mis à jaspiner en hollandais avec
Heinz, ça y est, ils recommencent, et Heinz ne
l'engueulait pas du tout. C'était sûr. Encore un grand
virage mou — c'est la balançoire ! — il disait le
conducteur, et la place Vendôme, c'était pas très
éclairé, le 7, Air Transport Command. — Au revoir !
Il m'a dit, le conducteur. On s'est serré la pince. Je
vais chercher le colonel. Il n'y a personne ici ; j'ai dit :
c'est pas là. Il m'a dit : Si vous ne trouvez pas, télé-
phonez à Elysée 07-75, c'est le garage. C'est eux qui
m'ont dit de vous mener là, mais, évidemment, il est
neuf heures moins le quart, ça fait trois quarts
d'heure de retard. Il est parti. *Go and ask, Roby*, m'a
dit Martin. — Vas-y toi-même, c'est toi le chef ! On
est entré, pas ici du tout, les types pas au courant,
c'était sinistre, on aurait dit un bureau de poste. Et
juste on est ressortis. — *Where's this driver ?* disait

Martin, et une fille avec un machin en mouton blanc
et un Américain nous ont vus. — *That's the
band !* — *Yes,* a dit Martin, *we've been waiting for half
an hour.* Il a du culot, mais je me suis marré quand
même. La fille brune, pas mal foutue, on verra tout
à l'heure. On les a suivis, enfin une bagnole bien,
Packard 1939 noire avec chauffeur. Le chauffeur, il
râlait : — Je peux pas les prendre tous ! Ça va esquinter mes pneus. — Tu parles ! Tu ne sais pas ce que
c'est une Packard ! Trois derrière : deux filles et un
Amerlo ; sur les strapontins Martin, Heinz et moi,
devant, le chauffeur, deux Amerlos. Rue de la Paix,
Champs-Elysées, rue Balzac, première halte, l'*Hôtel
Celtique,* les deux devant sont descendus, on attendait. En face, il y avait la Chrysler bleu-ciel de l'U.S.
Navy, je l'ai déjà vu passer plusieurs fois à Paris. Je
me demande si c'est le modèle fluid drive avec le
changement de vitesse à huile. Ils baragouinaient
dans le fond de la voiture, Heinz et Martin en hollandais, le chauffeur en français. Oh ! ils sont
emmerdants. Il en est remonté un devant, il a tendu
entre Heinz et moi quelque chose à celui de derrière :
— *There's a gift from Captain,* je ne sais plus quoi. —
Thank you Terry, il a dit, celui du fond, et il a déplié,
ça avait les dimensions d'un carnet de papier à cigarettes, il l'a rendu à celui de devant. On est partis. Il
était monté dans la Chrysler un officier de marine et
deux femmes. Ils nous suivaient. On a tourné tout de
suite à droite, ça au moins c'est une voiture, le chauffeur râlait quand même après Bernard ou O'Hara,
c'était le même, et huit dans la voiture, c'était de
trop. J'ai pas écouté ce qu'ils disaient derrière, avant
qu'on soit dans le Bois de Boulogne, on allait entre
Garches et Saint-Cloud. Il y avait une femme blonde,
avec poitrine, au milieu, la brune à sa gauche et un
Américain à sa droite. Hollywood... — J'ai entendu
Santa Monica is nice, dit celle du milieu, l'air détaché. Bien sûr, tu la ramènes, conne, mais tu es mal
foutue et tu as une sale gueule, c'est bien fait. L'autre,
la brune, elle était mieux, c'est sûrement pas une

Américaine ; elles sont toutes ensellées, sauf ces deux que j'ai vues un soir sur le show-boat, des en pantalons avec la taille fine, fine, et des culs bien ronds en dessous, on aurait dit qu'on les avait fabriquées en gonflant un peu et en serrant à la taille pour faire sortir la poitrine et les fesses, c'était terrible. — *What's the name of that friend of yours, Chris...*, demande l'Américain à la brune. — Christiane, répond l'autre. — *Nice name, and she's nice too.* — *Yes*, répond l'autre, *but she's got a strange voice* — bonne petite copine ! — *and when she's on the stage, she makes such an awful noise... yes... but she's nice. May be we'll go to New York in february,* elle ajoute, *and where do you come from New York,* dit le type, *it would be wonderful to see you again, and this other friend of you, Florence ? — Yes,* elle dit, *she's got a nice face, but the rest is bad.* Comme elle parlait gentiment des copines ! — *And who will come too ? All the chorus girls ?* Et j'ai compris qu'elle était de la Fête Foraine, mais peut-être je me suis trompé. Assommant à écouter avec Heinz et Martin qui parlaient hollandais à côté. — *I think you're the best,* a dit le type, et elle n'a pas répondu, c'était peut-être vrai, il ne disait pas ça comme un compliment. On arrivait au pont de Suresnes, tout plein de flaches et mal entretenu, avec l'autre en construction, à côté, amoché, ils l'avaient commencé en quarante et ça a dû rouiller en cinq ans. La côte de Suresnes, c'est chouette le bruit des pneus d'une grosse bagnole sur le pavé, ça sonne creux et rond, on grimpait en prise. Huit pour une Packard c'est trop ? Quel con ! Tous les chauffeurs sont cons. C'est une sale race. Je les emmerde, je suis ingénieur, ils sont tous familiers avec les musiciens, ça les flatte, on est de la même race ; des types qui s'aplatissent. Bon, je me vengerai plus tard, avec un colt, je les descendrai tous, mais je ne veux rien risquer parce que ma peau vaut mieux que la leur, ça serait noix de faire de la taule pour des types comme ça. Je me demande pourquoi on ne le ferait pas pour de vrai. Aller trouver un type

comme Maxence Van der Meersch, je lui dis :
— Vous n'aimez pas les souteneurs et les tenanciers
de maison, moi non plus, on fait une association
secrète, et un soir, par exemple, on fonce dans une
Citroën noire et on tue tous ceux de Toulouse. — Ça
ne serait pas assez, me dit Van der Meersch, il faut
les tuer tous. — Alors, je dis, j'ai une autre idée, on
fait une grande réunion syndicale, et puis on les sup-
prime, il suffit d'une bonne organisation. — Si on se
fait poirer ? il me dit Van der Meersch. Je lui dis :
— Ça ne fait rien, on aura bien rigolé, mais le lendemain il y en aura d'autres à leur place. — Alors, il
me dit, on recommencera avec un autre truc. —
D'accord, au revoir Maxence. Et la bagnole s'est arrêtée, Golf Club. C'était là. Descendus. On entre, car-
relage, poutres apparentes, j'en ai déjà vu des comme
ça, on s'est déshabillés dans une petite pièce. Evidemment, ils en ont encore réquisitionné une qui
n'est pas mal. Couloir, à gauche, grande salle avec
piano, c'est ici.

II

La chaleur surprenante au premier abord. J'ai eu
tort de mettre mon sweat-shirt et je devrai faire
attention au trou de mon pantalon, mais ma veste est
assez longue, ils ne le verront pas, et après tout, c'est
rien que des putains et les types je m'en fous. Les
radiateurs marchent, on s'assied tous les trois. Martin croit sans doute que c'est pas le genre swing ici,
Heinz prend son violon au lieu de sa clarinette et ils
jouent un machin tzigane. Pendant ce temps-là, je
me repose, je chauffe un peu ma trompette en soufflant dedans, je dévisse le second piston qui accroche
quand on met de l'huile et je bave un peu dessus ;
trop mou, il n'y a que la bave, même le Slide Oil de
Buescher c'est pas assez fluide et le pétrole, j'ai

essayé une fois et la fois d'après, j'ai eu le goût dans la bouche pendant deux heures. Il y a des poutres apparentes peintes en vieux rouge, jaune d'or et bleu roi délavé, très vieux style, une grosse cheminée monumentale avec une pique torsadée porte-flambeau de chaque côté, de vieux fanions sur des poutres de contreventement à dix mètres du sol, très haut le plafond. Des têtes de machins empaillés aux murs, des vieilles armes arabes, juste en face de moi un Aubusson, un genre cigogne et de la verdure exotique, c'est assez chouette comme tonalité, des jaunes et des verts jusqu'au bleu-vert, un gros lustre d'église au milieu, avec au moins cent bougies électriques, des marrantes, avec des lampes vraiment tortillées en forme de flammes. Juste avant que Martin et Heinz commencent, un type a fermé la radio, le poste était dissimulé derrière un panneau de la bibliothèque garni de dos de livres en trompe-l'œil. Je regarde les jambes de la fille brune en face, elle a une assez jolie robe de laine gris-bleu, avec une petite poche sur la manche et une pochette olive, mais quand je la vois de dos, sa robe est mal coupée derrière, le buste est trop large et la fermeture éclair bombe un peu, elle a des souliers compensés, ses jambes sont bien, fines aux genoux et aux chevilles, elle n'a pas de ventre et sûrement elle a les fesses dures, c'est parfait, et sûrement aussi des yeux de pute. L'autre fille de la voiture est là aussi, elle a un vilain teint trop blanc, c'est la fille molle, elle a de la poitrine, j'avais déjà remarqué, mais des jambes moches et une robe moche à carreaux bruns sur beige, pas intéressant. Un capitaine français, genre officier chauve, grand, distingué de la guerre de 14 — pourquoi il me fait cet effet-là ? — ça doit être à cause des livres de Mac Orlan ; il parle avec la molle. Il y a aussi deux trois Américains, dont un capitaine, mais un pas élégant, ils sont tous au pèze pour avoir l'air si peu portés sur la toilette. Une espèce de bar à ma gauche après le piano, près de l'entrée, et derrière un larbin, je vois seulement le haut de sa tête. Les types commencent à se taper des whiskies dans des verres à orangeade. L'atmosphère parfaitement emmerdante. Heinz et Martin ont fini leur truc. Aucun succès, on va jouer Dream de Johnny Mercer, je prends ma trompette, Heinz sa clarinette, il y en a deux qui se mettent à danser et aussi la brune et il arrive aussi quelques autres types. Peu. Il doit y avoir d'autres salles derrière. C'est fou ce que ça chauffe, des radiateurs. Après Dream, un truc pour les réveiller, Margie, je joue avec la sourdine, ils sont tellement peu à danser, et puis ça sonne mieux avec la clarinette, j'accorde un peu la trompette, j'étais trop haut. Les pianos sont toujours trop hauts d'habitude, mais celui-ci est bas parce qu'il fait chaud. On ne se fatigue pas et ça danse sans grande conviction. Il entre un type en veston noir bordé, chemise et col empesés, pantalon à raies, on dirait un intendant, c'est probablement ça. Il fait un signe au garçon qui nous apporte trois cocktails, du gin orange ou quelque chose comme ça, j'aime mieux le coca-cola, ça va me fiche mal au foie. Il vient ensuite, quand l'air est fini et nous demande ce qu'il peut nous apporter ; bien aimable, il a une figure maigre, le nez rouge et une raie sur le côté et le teint curieux, il a l'air triste, pauvre vieux ça doit être le vomito-negro héréditaire. Il s'en va et nous ramène deux assiettes, l'une avec quatre énormes parts de tarte aux pommes, et dans l'autre une pile de sandwiches, les uns corned-pork, les autres beurre et foie gras, la vache ce que c'est bon. Pour ne pas avoir l'air, Martin a un sourire de concupiscence et son nez rejoint presque son menton, et le type nous dit : — Vous n'avez qu'à demander si vous en voulez d'autres. On rejoue après avoir mangé un sandwich, la jolie brune fait l'andouille et tortille ses fesses dures en plantant des choux avec l'Américain, ils dansent, tout pliés sur les jarrets en baissant la tête, comme une exagération de galop 1900, j'en ai déjà vu faire ça l'autre jour, ça doit être la nouvelle manie, ça vient encore d'Auteuil et des zazous de là-bas. Juste derrière moi,

il y a deux massacres de cerfs Dittishausen 1916 et
Unadingen 21 juin 1928, ça n'a vraiment qu'un intérêt restreint je trouve, ils sont montés sur des
tranches de bois verni coupées à même la bûche, un
peu en biais, c'est ovale ou, plus exactement, c'est-
t-elliptique. Il entre un Major, non, une étoile
d'argent, un colonel, avec une belle fille dans les bras,
belle fille c'est peut-être trop dire, elle a la peau claire
et rose, les traits ronds comme si on venait de la
tailler dans la glace et si ça avait déjà un peu fondu,
ce genre de traits tout ronds, sans bosses, sans fos-
settes, ça a quelque chose d'un peu répugnant ça
cache forcément quelque chose, ça fait penser à un
trou de cul après un lavement, bien propre et déso-
dorisé. Le type a l'air complètement machin, un
grand pif et des cheveux gris, il la serre amoureuse-
ment et elle se frotte, vous êtes dégueulasse tous les
deux, allez baiser dans un coin et revenez, si ça vous
travaille, c'est idiot ces frottailleries avec ces airs de
chat foirant dans les cendres, bouh ! vous me dégoûtez, sûrement elle est propre et un peu humide entre
les cuisses. En voilà une autre blond roux, on voyait
en 1910 des photos comme ça, elle a un ruban rouge
autour de la tête, American Beauty, et ça n'a pas
changé, toujours de la fille trop récurée, celle-là, en
plus, elle est mal bâtie, les genoux écartés, elle a le
genre Alice au Pays des Merveilles. Ça doit être
toutes des Américaines ou des Anglaises, la brune
danse toujours, on s'arrête de jouer, elle vient près
du piano et demande à Martin de jouer Laura, il
connaît pas, et alors Sentimental Journey. Bon. Je
fais la sixte demandée. Ils dansent tous. Quelle
bande d'enflés ! Est-ce qu'ils dansent pour les airs,
pour les filles ou pour danser ? Le colonel continue
à se frotter, une fille m'a dit l'autre jour qu'elle ne
peut pas blairer les officiers américains, ils parlent
toujours politique et ils ne savent pas danser, et en
plus, ils sont emmerdants (c'était pas la peine, le
reste suffit). Je suis un peu de son avis jusqu'ici,
j'aime mieux les soldats, les officiers sont encore plus

puants que les aspi français, et pourtant, ça, c'est à faire péter le conomètre, avec leurs petits bâtons à enculer les chevaux. Je suis assis sur une chaise genre rustique-moyenâgeux-cousu-main, c'est bougrement dur aux fesses, si je me lève, gare au trou de mon pantalon. La brune revient, autre entretien avec Martin, vieux salaud, tu lui mettrais bien la main au panier, toi aussi. Je sais pourquoi, il fait chaud et ça nous ragaillardit, d'habitude, sur le show-boat, on les avait à zéro, c'est pas enthousiasmant pour jouer. Le temps passe pas vite, ce soir, c'est plus fatiguant de jouer à trois, et puis cette musique, c'est la barbe ; on joue encore deux airs et on s'arrête un peu, on bouffe la tarte, et puis un Américain, c'est Bernard ou O'Hara, celui à qui le chauffeur parlait devant le Celtique, arrive. — *If you want some coffee, you can get a cup now, come on.* — *Thanks !* dit Martin, et on y va, on retraverse le hall, on tourne à gauche, petit salon, moquettes, entièrement tendu d'Aubusson, à boiseries de chêne ; sur le divan, il y a le colonel et sa femelle frotteuse, elle a un tailleur noir, des bas un peu trop roses mais fins, elle est blonde et elle a une bouche mouillée ; on passe sans les regarder, d'ailleurs ça ne les gêne pas du tout, ils ne font rien, juste du sentiment, et on entre dans une autre pièce, bar, salle à manger, toujours de l'Aubusson — c'est une manie — et un chic tapis sur la moquette. Et des pyramides de gâteaux. Environ deux douzaines de mâles et femelles, ces dernières dans l'approximative proportion d'un quart, ils fument et boivent du café au lait. Il y a des assiettes et des assiettes et on y va, pas trop ostensiblement, mais avec une décision bien arrêtée. Des petits pains de mie au raisin fourrés de crème de cacahuètes, j'aime ça, des petits palets de dame aux raisins, ça aussi, et de la tarte aux pommes avec une couche de deux centimètres de marmelade à la crème sous les pommes et une pâte à s'en faire péter la gueule, on n'aura pas trop perdu sa soirée. Je bouffe jusqu'à ce que j'aie plus faim et je continue encore un peu après, pour être sûr de ne pas avoir de regrets le lendemain, et je vide ma tasse de café au lait, un demi-litre environ, et encore quelques gâteaux, Martin et Heinz prennent chacun une pomme, pas moi, ça me gêne d'emporter des trucs devant ces crétins-là, mais les Hollandais, c'est comme les chiens, ça manque de pudeur et ça n'a de sensibilité qu'à partir du coup de pied au cul. On rôdaille un peu. Je reste le dos vers le mur à cause du trou, et on retourne dans la grande salle, je lâche deux boutons parce que c'est dur de souffler tout de suite après avoir bouffé. On remet ça. La brune est là, elle veut I dream of you. Ah ! je le connais ! Mais pas Martin, ça ne fait rien il lui propose Dream, on l'a déjà joué, et il attaque : Here I've said it again, celui-là je l'aime assez à cause du middle-part où l'on fait une jolie modulation de fa en si bémol, sans avoir l'air d'y toucher. Et puis on joue, et on s'arrête, et on rejoue, et on s'endort un peu. Il y a deux nouvelles filles, elles sont crasseuses, sûrement des Françaises, et des tignasses hirsutes, l'air de dactylos intellectuelles, mâtinées de boniches. Tout de suite, il faut qu'elles viennent nous demander du musette, et pour les faire râler, on joue le Petit Vin Blanc en swing, elles ne reconnaissent même pas l'air, quelles noix, si, juste à la fin, et elles font une sale gueule, les Américains ils s'en foutent, ils aiment tout ce qui est moche. Je crois que ça se tire, il est plus de minuit, on a joué des tas de vieilles conneries. On se tape un Coca-Cola dans un grand verre. Martin a été payé tout à l'heure, une grande enveloppe, il a regardé et il a dit : — *Nice people, Roby, they have paid for four musicians, though we were only three.* Il a dit ça, le crétin, ça fait qu'il y a trois mille francs dans l'enveloppe. Martin va pisser et il tend la main, en revenant, pour un paquet de sèches Chesterfields : — *Thank you, sir, thanks a lot !* Larbin, va ! Un grand roux vient me demander quelque chose à propos d'une batterie, il en veut une pour demain, je lui donne deux adresses, et puis un autre vient et s'explique mieux, il voulait louer une batterie, alors il n'y a rien de fait, je ne peux pas lui indiquer d'adresse pour ça, il offre aussi une cigarette. On joue et il finit par être une heure. On ferme par Good Night, Sweet-heart, c'est marre, on s'en va. Encore un... On joue de nouveau Sentimental Journey, ça les trouble que ce soit le dernier, ils sont tendres. Maintenant, il faut penser à partir. On va se rhabiller. Froid dans le couloir et l'entrée, je mets mon imper, Martin me fait signe, il est avec Heinz. Bon. Il me file sept cents balles, j'ai compris, tu gardes le reste, tu es un salaud, je t'aplatirais ta sale gueule avec un plaisir, mais qu'est-ce que tu veux que ça me foute, je suis moins con que toi et tu as cinquante ans, j'espère que tu vas crever. Heinz, il le paye pas devant moi : vous êtes vraiment malins tous les deux. Les cigarettes, je lui donne ma part, rien que pour qu'il me dise : *We thank you very much, Roby*. Et on attend une bagnole. Dans l'entrée, c'est carrelé par terre, il y a deux seaux rouges pleins d'eau et un extincteur et partout des pancartes — Beware of fire, Don't put your ashes, etc. Et je voudrais bien savoir à qui est cette maison, on s'extasie avec Heinz, ça lui plaît aussi. On retourne dans le hall. Martin va pisser, il a fauché quelque part un numéro de *Yank* et il me le donne à garder. On est près du téléphone. Martin revient, il me dit : — *Can you call my hotel, Roby, I wonder if my wife's arrived*. Sa femme devait arriver aujourd'hui et je téléphone à son hôtel de la part de M. Romberg si sa clef est au tableau. Oui, elle y est, ta femme n'est pas là. Tu pourras toujours te taper la paluche devant une pin-up girl. On retourne dans le vestibule et on va à la Packard, le chauffeur veut pas nous prendre tous les trois, on l'emmerde. — Pars sans nous, on se débrouillera. On retourne dans le hall, je m'assieds, Heinz râle en sabir pour changer. Martin parlemente avec Doublemètre, c'est un Américain, il est bien gentil, il nous trouve une bagnole, mais Martin va chier et on attend. Je retourne dans le vestibule. Heinz a tout de même

donné vingt balles à un des maîtres d'hôtel, il est
assez sympa. — A qui est la maison ? — C'est à un
Anglais, il est fonctionnaire en Afrique du Sud et il
a une autre maison près de Londres. C'est bien et,
pendant l'occupation, les Allemands n'ont pas abîmé
du tout, ils y étaient, comme de juste. L'Anglais il a
perdu sa femme il y a trois ans, il vient de se rema-
rier, le garçon ne connaît pas encore sa nouvelle
patronne. C'est triste de perdre quelqu'un. Lui, il
avait un copain, un ami de six ans et il l'a perdu, eh
bien ! ça fait un vide qu'on ne peut pas remplir. Je
condoulois, on se serre la main. Au revoir. Merci.
Heinz et Martin arrivent enfin, on sort, la bagnole est
dans une allée. C'est une Chrysler, non, c'est l'autre,
mieux, une Lincoln. Je pisse contre un arbre,
arrivent les deux bonniches-dactylos et un Américain, c'est lui le conducteur. Nous trois derrière, lui
devant avec les deux filles, elles râlent parce qu'elles
sont trop serrées, moi, je m'en fous considérable-
ment, je suis très bien. Elles mettent la radio en
marche, on démarre, ça arrache dur. On suit une
autre bagnole. La musique ça fait passer le temps,
c'est un jazz blanc, ça swingue assez froid, mais c'est
drôlement en place. La bagnole marche, je dis à
Heinz : — Je me baladerais bien comme ça toute la
nuit. Et lui, aime mieux aller se coucher. Paris,
Concorde, rue Royale, Boulevards, Vivienne, Bourse,
stop... Martin descend, je me fais reconduire ensuite,
Heinz est furieux, on a fait tout le tour, on est gare
du Nord, il doit revenir à Neuilly, qu'il se démerde
avec le gars. Au revoir, mes enfants. Je serre la main
du conducteur : — *Thanks a lot. Good night.* Je suis
chez moi, enfin au pieu, et juste avant de m'endor-
mir, je me suis changé en canard.

MARSEILLE COMMENÇAIT
À S'ÉVEILLER

I

Marseille commençait à s'éveiller.

Le garçon boucher releva le demi-rideau de fer peint en vert olive qui masquait la moitié supérieure de la boucherie. Cela fit un bruit métallique et violent, mais le garçon boucher pouvait siffler encore plus fort et le fit. Il sifflait *La Valse de Palavas n'est pas la lavasse de l'agence Havas*, une rengaine obsédante apprise à la radio qui la débitait en tranches interminables à longueur de journée.

Puis le garçon boucher souleva la grille métallique en trois parties qui obturait la partie inférieure du magasin et la rangea dans l'endroit idoine. Ceci fait, il balaya la sciure répandue la veille et se tourna les pouces en cadence.

Le pas du patron, dans le couloir, lui rappela quelque chose. Il se rua sur un beau couteau tout neuf acheté la veille et se mit à le passer frénétiquement sur le fusil[1].

Cependant, le patron approchait, se raclant la gorge comme tous les matins avec un bruit écœurant. C'était un grand type brun, un peu sinistre, fort comme un Turc. Il était de Nogent, pourtant.

— Alors, dit-il. Ce couteau ?

— Ça commence, répondit le garçon, un peu

---

1. On appelle ainsi en langage technique la pierre à affûter des bouchers qui est d'ailleurs en acier.

rouge. Ses cheveux blonds courts et son nez camus le faisaient ressembler à un petit cochon.

— Fais voir.

Le garçon tendit la lame au patron. Ce dernier la prit et passa le tranchant sur son ongle pour en éprouver le fil.

— De la m... jura-t-il. Où as-tu appris à aiguiser ? Tu serais pas capable de couper le cou à un Nord-Coréen, avec un truc comme ça.

Il disait ça pour vexer son apprenti dont il connaissait les tendances révolutionnaires.

— Oh ! protesta le garçon. Chiche !

Il avait parlé trop tôt. Sinistre, le patron le regarda.

— Chiche ! dit-il.

Le garçon se sentit un peu brouillé. Timidement, il tenta de se rattraper.

— Mâle ou femelle... suggéra-t-il.

— D'accord ! dit le patron en ricanant.

Il se racla la gorge une dernière fois. Ne pouvant supporter le bruit, le jeune garçon se mit à vomir dans la sciure.

II

M. Mackinley frotta pensivement une allumette sur la semelle de cuir de sa chaussure gauche. Il avait les deux pieds sur son bureau et dut se pencher fortement en réveillant la douleur de son vieux lumbago d'Iwojima.

M. Mackinley portait en réalité un tout autre nom et cette affaire d'exportation dissimulait la personnalité d'un des éléments les plus actifs de l'A.S.S., le service secret américain. Les plis durs de son visage énergique laissaient entendre que M. Mackinley, le cas échéant, pouvait se montrer très ferme.

Il laissa tomber sa main sur un bouton électrique. Une secrétaire parut.

— Faites entrer Mme Eskubova, dit-il en anglais sans le moindre accent.

— Yes, sir, dit la secrétaire et M. Mackinley fronça les sourcils aux relents de Brooklyn évoqués par cette voix pincharde. Mais il avait assez d'empire sur lui-même, comme Hiro-Hito, pour se contenir.

Une femme pénétra peu après dans le bureau. Elle était plantureuse et mystique ; ses yeux bleus, ses cheveux châtains, un corps potelé et tentateur faisaient d'elle l'agent rêvé pour une mission délicate.

— Hello, Pelagia, dit brièvement M. Mackinley.

Elle lui répondit dans la même langue et nous sommes obligé de traduire.

— J'ai une mission de confiance pour vous, dit Mackinley, allant droit au but comme font les Américains.

— Laquelle, répondit Pelagia du tac au tac.

— Voilà, murmura Mackinley en baissant la voix. Nous avons appris de source sûre qu'un homme politique français bien connu, M. Jules M... est entré en possession de renseignements qui seraient pour nous de la plus haute importance. Il s'agit du rapport Gromiline.

Pelagia pâlit, mais ne dit rien.

— Euh... continua Mackinley gêné, alors en somme, il n'y a que vous qui puissiez obtenir les renseignements en question.

— Et comment ? demanda-t-elle dans un souffle.

— Ma chère, dit galamment Mackinley... votre charme bien connu.

Le porte-cigarettes d'argent de Pelagia l'atteignit au sourcil gauche. Quelques gouttes de sang jaillirent. Mackinley souriait toujours mais ses mâchoires se contractaient convulsivement. Il ramassa l'étui et le tendit à Pelagia.

— Vous me prenez pour une grue, dit-elle. Je ne suis pas Marthe Richard, ne l'oubliez pas, Mackinley.

— Ma chère, dit-il, c'est oui ou...

Il se passa d'un geste significatif le tranchant de la main sur la pomme d'Adam.

Elle explosa.

— Je refuse, dit-elle, il est trop moche. Lorsque je suis entrée dans vos services, il a été convenu que ma fidélité à Georges ne risquerait de subir aucune atteinte.

— Ha ha ! ricana Mackinley. Et que dites-vous de ce petit blond aux joues roses... un garçon boucher de Montpellier, je crois... que vous sortez en taxi.

Cette fois, elle accusa le coup.

— Vous savez donc tout, espèce de monstre ! dit-elle dans un souffle.

Il s'inclina galamment.

— Je voudrais en savoir davantage, dit-il, et c'est pourquoi je me suis permis de solliciter votre concours.

— Coucher avec Jules M... murmura Pelagia. Quelle abomination !

Elle frissonna et se leva.

— Je crois que nous n'avons plus rien à nous dire, conclut Mackinley. Dans quelques jours, notre agent F-5 vous contactera à Montpellier. Vous recevrez un jeu complet de papiers d'identité et, naturellement, quelques subsides...

— Combien ? murmura-t-elle.

— Heu... dit Mackinley. Vous aurez cinq cent mille en liquide et cinq mille dollars de plus à votre crédit si l'affaire réussit. Le service est décidé à se montrer assez généreux cette fois. Voyez-vous, ma chère Pelagia, le rapport Gromiline est extrêmement important pour le président...

III

Le taxi démarra lentement. C'était une vieille Viva-quatre dont le chauffeur était à moitié sourd.

Derrière, sur les coussins, Pelagia caressait tendre-ment les cheveux courts du garçon boucher.

— Mon minet, dit-elle en russe... quand j'étais toute petite, j'avais un petit cochon rose, un bébé cochon... il s'appelait Pulaski... c'est lui que tu me rappelles.

Elle se rembrunit. Le garçon boucher, un peu abruti de nature, se laissait caresser sans mot dire.

— Zut ! murmura Pelagia. Je suis en train de faire un complexe rétro-actif, comme ces garces d'Améri-caines.

Le taxi approchait de l'hôtel où ils abritaient leurs amours.

— Ecoute, dit Pelagia, rassemblant son meilleur français. Toi... venir... toi, petit pigeon, prendre cou-teau... couper ma gorge.

— Je ne peux pas coucher avec ce type... ajouta-t-elle en russe. Ecoute, Goloubtchik, reprit-elle en français... Si tu m'aimes, tu dois le faire.

— Est-ce que tu es Nord-Coréenne ? demanda le garçon boucher à brûle-pourpoint.

— Oh... dit Pelagia... Kharbine... tout près.

— Alors, ça va, dit-il. C'est d'accord. Je veux bien.

Pelagia frissonna.

— J'aime mieux que ça soit toi, dit-elle très vite. Mon cochon rose. A Palavas, là où nous nous sommes connus.

Elle l'embrassa passionnément. Le chauffeur, qui voyait ça dans le rétroviseur, faillit emboutir un camion.

— On fera ça demain, dit le garçon boucher. J'affûterai le truc ce soir en rentrant. Rendez-vous sur la plage à neuf heures.

On était le 3 septembre.

IV

— Pas encore fameux, observa le patron. Décidément, tu ne sais pas affûter un couteau.

— On verra ça, dit le garçon, l'air faraud.

— J'attends toujours le Nord-Coréen, dit le patron, taquin.

— Patience, dit le garçon.

Il empoigna le fusil et commença à repasser la lame avec application. Un bout de langue passait entre ses lèvres. Le patron ricana et cracha dans la sciure, en plein sur une grosse mouche verte.

V

— Arrêtez-vous ici, dit Pelagia en tapant sur l'épaule du chauffeur. Ce dernier obtempéra. Elle lui lança deux billets de mille francs et descendit. Elle portait une jupe noire et un chemisier blanc largement échancré.

Le chauffeur la regarda s'éloigner et claqua de la langue.

— Pour ce prix-là, je me la farcirais bien tous les soirs, dit-il avec une grossièreté révoltante.

Elle allait à grands pas vers la plage. Il était près de huit heures. Elle se retournait de temps à autre. Deux hommes la virent passer et s'arrêtèrent.

— Hum ! dit l'un.

— Oui... répondit le second.

Le soir tombait très vite. Pelagia marchait sur la plage de Palavas. Elle était seule maintenant. Elle arrivait au lieu du rendez-vous. Elle était en avance. Se laissant tomber sur le sable, elle attendit.

Il surgit derrière elle, silencieux comme une ombre. Elle perçut sa présence.

— Mon cochon rose, soupira-t-elle.

Il était nerveux.

— Ça m'embête, dit-il. Kharbine, j'ai regardé sur une carte, c'est pas du tout en Corée du Nord.

— Qu'importe, soupira Pelagia. Tout plutôt que coucher avec ce type. Fais vite, Goloubtchik.

Il se rappela la technique des parachutistes qu'il avait vu opérer au cinéma. En même temps, sa propreté naturelle lui suggéra une idée.

— Entre dans l'eau, dit-il. Ça ne tachera pas.

Elle marcha dans l'eau. Brutalement, il la retourna et lui colla son pouce sous le nez, lui renversant la tête en arrière. Le couteau plongea. Une seule fois.

— Mince, dit-il en retirant l'arme, le patron ne dira pas que c'était mal affûté, ce coup-là.

A ses pieds, le cadavre saignait dans l'eau noire.

— Une bonne chose de faite, murmura le garçon, j'ai tenu parole.

Une masse pesante s'abattit sur sa tempe et il s'effondra, inerte.

L'agent F-5 siffla doucement. Le canot s'approcha.

— Mettez ça là-dedans, dit-il. Ce bougre m'a épargné un travail désagréable.

L'homme du canot chargea le corps du garçon boucher.

— Une piqûre de N.R.F.[1], dit-il. Et on le ramène chez lui.

Il fouilla le corps. La blessure ne saignait plus. Il ramassa l'arme et la lança loin de lui. Le portefeuille, la ceinture. Il allait disperser tout ça. Il tira le corps vers le rivage. Il fallait qu'on le retrouve ; F-5 avait besoin d'être couvert vis-à-vis de Mackinley.

Le grondement du petit canot résonnait en sourdine. F-5 monta. La coque frêle s'enfonça sous son poids.

— Allez, dit-il. On a encore du boulot.

La tache noire du bateau disparut dans l'ombre.

---

1. Non remember fluid, sérum amnésique mis au point par le service secret américain pendant la dernière guerre mondiale.

LES CHIENS, LE DÉSIR
ET LA MORT[1]

Ils m'ont eu. Je passe à la chaise demain. Je vais l'écrire tout de même, je voudrais expliquer. Le jury n'a pas compris. Et puis Slacks est morte maintenant et il m'était difficile de parler en sachant qu'on ne me croirait pas. Si Slacks avait pu se tirer de la bagnole. Si elle avait pu venir le raconter. N'en parlons plus, il n'y a rien à faire. Plus sur terre.

Le chiendent, quand on est chauffeur de taxi, c'est les habitudes qu'on prend. On roule toute la journée et, à force, on connaît tous les quartiers. Il y en a qu'on préfère à d'autres. Je connais des types, par exemple, qui se feraient hacher plutôt que d'emmener un client à Brooklyn. Moi, je le fais volontiers. Je le faisais volontiers, je veux dire, parce que, maintenant, je ne le ferai plus. C'est une habitude comme cela que j'avais prise, je passais presque tous les soirs vers une heure au « Three Deuces ». Une fois, j'y avais amené un client saoul à rouler, il a voulu que j'y entre avec lui. Quand je suis ressorti, je savais le genre de filles qu'on trouvait là-dedans. Depuis, c'est idiot, vous le direz vous-même...

Tous les soirs, à une heure moins cinq, une heure cinq, j'y passais. Elle sortait à ce moment-là. Ils avaient souvent des chanteuses au « Deuces », et je savais qui était celle-là. Slacks, ils l'appelaient parce qu'elle était en pantalons plus souvent qu'autre chose. Ils ont dit aussi dans les journaux qu'elle était lesbienne. Presque toujours, elle sortait avec les deux mêmes types, son pianiste et son bassiste, et ils filaient dans la voiture du pianiste. Ils passaient ailleurs en attraction et revenaient au « Deuces » finir la soirée. Je l'ai su après.

Je ne restais jamais longtemps là. Je ne pouvais pas garder mon taxi pas libre tout le temps, ni stationner trop longtemps non plus, et il y avait toujours plus de clients dans ce coin que partout ailleurs.

Mais, le soir dont je parle, ils se sont engueulés, quelque chose de sérieux. Elle a flanqué son poing dans la figure du pianiste. Cette fille tapait drôlement dur. Elle l'a descendu aussi net qu'un flic. Il était plein mais, même à jeun, je crois qu'il serait tombé. Seulement, saoul comme ça, il est resté par terre, et l'autre essayait de le ranimer en lui flanquant des beignes à lui emporter le citron. Je n'ai pas vu la fin parce qu'elle s'est amenée, elle a ouvert la porte du taxi et elle s'est assise à côté de moi, sur le strapontin. Et puis, elle a allumé un briquet et elle m'a regardé sous le nez.

— Vous voulez que j'allume le plafonnier de la bagnole ?

Elle a dit non et elle a éteint son briquet et je suis parti. Je lui ai demandé l'adresse un peu plus loin, après avoir tourné dans York Avenue, parce que je me rendais compte enfin qu'elle n'avait rien dit.

— Tout droit.

Moi, ça m'était égal, hein, le compteur tournait. Alors, j'ai foncé tout droit. A cette heure-là, il y a du monde dans les quartiers des boîtes mais, dès qu'on quitte le centre, c'est fini. Les rues sont vides. On ne le croit pas, mais c'est pire que la banlieue, passé une heure. Quelques bagnoles et un type de temps en temps.

Après cette idée de s'asseoir à côté de moi, je ne pouvais pas m'attendre à grand-chose de normal de la part de cette fille. Je la voyais de profil. Elle avait des cheveux noirs jusqu'aux épaules et un teint tellement clair qu'elle avait l'air malade. Elle se maquillait les lèvres avec un rouge presque noir et sa bouche avait l'air d'un trou d'ombre. La voiture filait toujours. Elle s'est décidée à parler.

— Donnez-moi votre place.

J'ai arrêté la voiture. J'étais décidé à ne pas protester. J'avais vu la manière dont elle venait de descendre son partenaire et je ne tenais pas à me bagarrer avec une femelle de ce calibre-là. Je me préparais à descendre, mais elle m'a accroché par le bras.

— Pas la peine. Je vais passer sur vous. Poussez-vous.

Elle s'est assise sur mes genoux et elle s'est glissée à ma gauche. Elle était ferme comme un quartier de frigo, mais pas la même température.

Elle s'est rendu compte que ça me faisait quelque chose et elle s'est mise à rigoler, mais sans méchanceté. Elle avait l'air presque contente. Quand elle a mis en marche, j'ai cru que la boîte de vitesses de mon vieux clou allait éclater et on a été renfoncés de vingt centimètres dans nos sièges, tellement elle démarrait brutalement.

On arrivait du côté du Bronx, après avoir traversé Harlem River et elle appuyait sur le machin à tout démolir. Quand j'étais mobilisé, j'ai vu des types conduire en France et ils savaient amocher une bagnole, mais ils ne la massacraient pas le quart de cette gonzesse en pantalons. Les Français sont seulement dangereux. Elle, c'était une catastrophe. Toujours, je ne disais rien.

Oh, ça vous fait rigoler ! Parce que vous pensez qu'avec ma taille et mes muscles j'aurais pu venir à bout d'une femelle. Vous ne l'auriez pas fait non plus après avoir vu la bouche de cette fille et l'aspect que sa figure avait dans cette voiture. Blanche comme un cadavre, et ce trou noir... Je la regardais de côté et je ne disais rien, et je surveillais en même temps. J'aurais pas voulu qu'un flic nous repère à deux devant.

Vous ne le penseriez pas, je vous dis, dans une ville comme New York, le peu de monde qu'il peut y avoir après une certaine heure. Elle tournait tout le temps dans n'importe quelle rue. On roulait des blocks entiers sans voir un chat et puis on apercevait un ou deux types. Un clochard, une femme quelquefois, des gens qui revenaient de leur travail ; il y a des magasins qui ne ferment pas avant une ou deux heures du matin, ou pas du tout, même. Chaque fois qu'elle voyait un type sur le trottoir de droite, elle tripotait le volant et venait passer au ras du trottoir, le plus près possible du type et elle ralentissait un peu, et puis elle donnait un coup d'accélérateur, juste au moment de passer devant lui. Je ne disais toujours rien, mais la quatrième fois qu'elle l'a fait, je lui ai demandé.

— Pourquoi faites-vous ça ?

— Je suppose que ça m'amuse, dit-elle.

Je n'ai rien répondu. Elle m'a regardé. J'aimais pas qu'elle me regarde en conduisant et malgré moi ma main est venue maintenir le volant. Elle m'a donné un coup sur la main avec son poing droit, sans avoir l'air. Elle tapait comme un cheval. J'ai juré et elle a rigolé de nouveau.

— Ils sont tellement marrants quand ils sautent en l'air au moment où ils entendent le bruit du moteur...

Elle avait sûrement vu le chien qui traversait et je me préparais à m'accrocher à quelque chose pour encaisser le coup de frein mais, au lieu de ralentir, elle a accéléré et j'ai entendu le bruit sourd sur l'avant de la bagnole et j'ai senti le choc.

— Mince ! j'ai dit. Vous y allez fort ! Un chien comme ça, ça a dû arranger la bagnole...

— Ta gueule !...

Elle avait l'air dans le cirage. Elle avait les yeux vagues et la bagnole n'allait plus très droit. Deux blocks plus loin, elle s'est arrêtée contre le trottoir.

Je voulais descendre, voir si ça n'avait pas esquinté la calandre et elle m'a accroché par le bras. Elle respirait en soufflant comme un cheval.

Sa figure, à ce moment-là... Je ne peux pas oublier sa figure. Voir une femme dans cet état-là quand on l'a mise soi-même dans cet état-là, ça va, c'est bien... mais être à des kilomètres de penser à ça, et la voir comme ça tout d'un coup... Elle ne bougeait plus et elle me serrait le poignet de toute sa force, elle bavait un peu. Les coins de sa bouche étaient humides.

J'ai regardé dehors. Je ne sais pas où on était. Il n'y avait personne. Son froc, il se défaisait d'un seul coup avec une fermeture éclair. Dans une bagnole, d'habitude, on reste sur sa faim. Mais, malgré ça, j'oublierai pas cette fois-là. Même quand les gars m'auront rasé la tête demain matin...

....

Un peu après, je l'ai fait repasser à droite et j'ai repris le volant et elle m'a fait arrêter la bagnole presque tout de suite. Elle s'était rafistolée tant bien que mal en jurant comme un Suédois, et elle est descendue pour s'installer derrière. Puis elle m'a donné l'adresse d'une boîte de nuit où elle devait aller chanter et j'ai essayé de me rendre compte de l'endroit où on était. J'étais vague comme quand on se lève après un mois de clinique. Mais j'ai réussi à me tenir quand même debout en descendant à mon tour. Je voulais voir le devant de la bagnole. Il n'y avait rien. Juste une tache de sang allongée par le vent de la vitesse, sur l'aile droite. Ça pouvait être n'importe quelle tache.

Le plus rapide, c'était de faire demi-tour et de revenir par le même chemin.

Je la voyais dans le rétroviseur, elle guettait par la vitre et, quand j'ai aperçu le tas noir de la charogne sur le trottoir, je l'ai entendue. De nouveau, elle respirait plus fort. Le chien remuait encore un peu, la bagnole avait dû lui casser les reins et il s'était traîné sur le bord. J'avais envie de vomir et j'étais faible et elle a commencé à rire derrière moi, elle voyait que j'étais malade et elle s'est mise à m'injurier tout bas ; elle me disait des choses terribles et j'aurais pu la prendre et recommencer là, dans la rue.

Vous autres, les gars, je ne sais pas en quoi vous êtes faits, mais quand je l'ai eue ramenée dans cette boîte où elle devait en pousser une, j'ai pas pu rester au-dehors à l'attendre. Je suis reparti aussi sec. Il fallait que je rentre chez moi. Il fallait que je me couche. Vivre seul, c'est pas très marrant tous les jours mais, mince, heureusement que j'étais seul ce soir-là. Je me suis même pas déshabillé et j'ai bu quelque chose que j'avais, et je me suis mis sur mon pieu, j'étais vidé. Mince, j'étais salement vidé...

Et puis, le lendemain soir, j'y étais de nouveau, et je l'attendais, droit devant. J'ai baissé le drapeau et je suis sorti faire trois pas sur le trottoir. Ça grouille, dans ce coin-là. Je ne pouvais pas rester. Je l'attendais quand même. Elle est sortie, toujours à la même heure. Régulière comme une pendule, cette fille. Elle m'a vu tout de suite. Elle m'a bien reconnu. Ses deux types la suivaient comme d'habitude. Elle a rigolé de sa manière habituelle. Je ne sais pas comment vous dire ça ; moi, la voir comme ça, j'étais plus les deux pieds sur la terre. Elle a ouvert la porte du taxi et ils se sont mis dedans tous les trois. Ça m'a suffoqué. Je ne m'attendais pas à ça. Idiot, je me suis dit. Tu comprends pas qu'une fille comme ça, c'est tout en caprices. Un soir, tu es bon et puis le lendemain tu es chauffeur de taxi. Tu es n'importe qui.

Tu parles !... N'importe qui !... Je conduisais comme une noix et j'ai failli emboutir le cul d'une grosse bagnole juste devant ; je râlais, sûr. J'étais mauvais et tout. Derrière moi, ils se marraient tous les trois. Elle racontait des histoires avec sa voix d'homme, sa voix, bon sang, on aurait dit qu'elle la sortait de sa gorge à rebrousse-poils et ça vous faisait exactement l'effet d'une bonne cuite.

Sitôt que je suis arrivé, elle est descendue la première ; les deux types n'ont même pas insisté pour payer. Ils la connaissaient aussi... Ils sont entrés et elle s'est penchée à la portière pour me caresser la joue comme si j'étais un bébé ; et j'ai pris sa monnaie. J'avais pas envie d'avoir des histoires avec elle. J'allais dire quelque chose. Je cherchais quoi. Elle a parlé la première.

— Tu m'attends ? elle m'a dit.

— Où ?

— Ici. Je sors dans un quart d'heure.

— Seule ?

Mince ! J'étais gonflé. J'aurais voulu retirer ça, j'ai rien pu retirer du tout et elle m'a attrapé la joue avec ses ongles.

— Voyez-vous ça ? elle a dit.

Elle rigolait encore. Moi, je ne me rendais pas compte. Elle m'a lâché, presque tout de suite. J'ai touché ma joue, je saignais.

— C'est rien ! elle a dit. Ça ne saignera plus quand je ressortirai. Tu m'attends, hein ? Ici.

Elle est entrée dans la boîte. J'ai tâché de voir dans le rétroviseur. J'avais trois marques en croissant sur la joue, une quatrième plus grande en face. Son pouce. Ça ne saignait pas fort. Je ne sentais rien.

Alors, j'ai attendu. Ce soir-là, on n'a rien tué. Je n'ai rien eu non plus.

....

Elle ne faisait pas ce truc-là depuis longtemps, je pense. Elle ne parlait pas beaucoup et je ne savais rien d'elle. Moi, maintenant, je vivais en veilleuse pendant la journée et, le soir, je prenais le vieux tacot et je filais la chercher. Elle ne s'asseyait plus à côté de moi, ça aurait été trop bête de se faire poirer à cause de ça. Je descendais et elle prenait ma place et au moins deux ou trois fois par semaine on réussissait à avoir des chiens ou des chats.

Je crois qu'elle a commencé à vouloir autre chose vers le deuxième mois qu'on se voyait. Ça ne lui faisait plus le même effet que les premières fois et je pense que l'idée lui est venue de chercher un gibier plus important. Je ne peux pas vous dire autre chose, moi, je trouvais ça naturel... elle ne réagissait plus comme avant et je voulais aussi qu'elle redevienne comme avant. Je sais, vous pouvez dire que je suis un monstre. Vous n'avez pas connu cette fille-là. Tuer un chien ou tuer un gosse, je l'aurais fait pareil pour cette fille-là. Alors, on a tué une fille de quinze ans ;

elle se baladait avec son copain, un marin. Elle revenait du parc d'attractions. Mais je vais vous raconter.

Slacks était terrible, ce soir-là. Sitôt qu'elle est
montée, j'ai vu qu'elle voulait quelque chose. J'ai su
qu'il fallait rouler toute la nuit, au besoin, mais trouver quelque chose.

Mince ! Ça s'annonçait mal. J'ai filé directement
sur Queensborough Bridge et, de là, sur les autostrades de ceinture, et jamais j'avais vu tant de
bagnoles et moins de piétons. C'est normal, vous me
direz, sur les autostrades. Mais je sentais pas ça, ce
soir. J'étais pas dans le bain. On a roulé des kilomètres. On a fait tout le tour et on s'est retrouvés en
plein à Coney Island. Slacks avait pris le volant
depuis déjà un moment. Moi, j'étais derrière et je me
tenais dans les virages. Elle avait l'air cinglée. J'attendais. Comme d'habitude. J'étais en veilleuse, je vous
dis. Je me réveillais au moment où elle passait me
retrouver derrière. Mince ! Je ne veux pas y penser.

Ça a été simple. Elle a commencé à zigzaguer de
la 24e Ouest à la 23e et elle les a vus. Ils s'amusaient,
lui à marcher sur le trottoir et elle à côté, dans la rue,
pour paraître encore plus petite. C'était un grand
gars, un beau gars. La fille, de dos, elle était toute
jeune, les cheveux blonds, une petite robe. Il ne faisait pas trop clair. J'ai vu les mains de Slacks sur le
volant. La garce. Elle pouvait conduire. Elle a foncé
dans le tas et elle a accroché la fille à la hanche.
Alors, j'ai eu l'impression que j'étais en train de crever. J'ai pu me retourner, elle était par terre, un tas
inerte, et le type hurlait en courant derrière nous. Et
puis, j'ai vu déboucher une voiture verte, une des
vieilles de la police.

— Plus vite ! je lui ai gueulé.

Elle m'a regardé une seconde et on a failli rentrer
dans le trottoir.

— Fonce !... Fonce !...

Je sais ce que j'ai loupé à ce moment-là. Je sais. Je
ne voyais plus que son dos, mais je sais ce que ça

aurait été. C'est pour ça que je m'en fous, vous comprenez. C'est pour ça que les gars peuvent bien me raser le caillou demain matin. Et puis, ils pourraient me faire une frange, histoire de rigoler, ou me peindre en vert, comme la voiture de la police, je m'en tape, vous comprenez.

Slacks fonçait. Elle s'est débrouillée et on s'est retrouvés sur Surf Avenue. Ce vieux tacot faisait un bruit à hurler. Derrière, celui de la police devait commencer à nous prendre en chasse.

Puis on a rejoint une rampe d'accès à l'autostrade. Plus de feux rouges. Mince ! J'aurais eu une autre bagnole. Tout s'en mêlait. Et l'autre qui rampait derrière. Une course d'escargots. C'était à s'arracher les ongles avec les dents.

Slacks mettait tout ce que ça pouvait. Et je voyais toujours son dos, et je savais de quoi elle avait envie, et ça me travaillait autant qu'elle. J'ai gueulé, encore une fois : « Fonce !... » et elle a continué, et puis elle s'est retournée une seconde et un autre gars s'amenait par une rampe. Elle ne l'a pas vu. Il arrivait à notre droite. Il faisait au moins soixante-quinze à l'heure. J'ai vu l'arbre et je me suis mis en boule, mais elle n'a pas bougé et, quand ils m'ont ressorti de là, je gueulais comme une bête, mais Slacks ne bougeait toujours pas. Le volant lui avait défoncé la poitrine. Ils l'ont sortie de là avec du mal en tirant sur ses mains blanches. Aussi blanches que sa figure. Elle bavait encore un peu. Elle avait les yeux ouverts. Je ne pouvais pas bouger non plus, à cause de ma patte qui s'était repliée dans le mauvais sens, mais je leur ai demandé de l'amener près de moi. Alors, j'ai vu ses yeux. Et puis, je l'ai vue, elle. Elle avait du sang partout. Elle ruisselait de sang. Sauf sa figure.

Ils ont écarté son manteau de fourrure et ils ont vu qu'elle ne portait rien en dessous, que ses slacks. La chair blanche de ses hanches paraissait neutre et morte à la lueur des réflecteurs à vapeur de sodium qui éclairaient la route. Sa fermeture éclair était déjà défaite quand nous étions rentrés dans l'arbre.

LES PAS VERNIS

I

Clams Jorjobert regardait sa femme, la belle Gaviale, donner le sein au fruit de leurs amours, un costaud bébé de trois mois, du sesque féminin, mais cela n'importe guère, d'ailleurs, pour la suite des événements.

Clams Jorjobert avait onze francs dans sa poche et c'était la veille du loyer ; mais pour rien au monde il n'eût touché au matelas de billets de mille sur lequel dormait le fils aîné, onze ans le douze avril. Clams ne gardait jamais sur lui que les coupures et la mitraille jusqu'à dix balles de valeur unitaire et mettait tout le reste à gauche. Ce qui fait que Jorjobert ne s'estimait posséder à cette minute précise que onze francs et un sens aigu de la responsabilité des nouveau-nés.

— Il serait tout de même temps que cette enfant, que je ne renie point, mais qui court sur son quatrième mois (dit-il), commençât à se rendre utile...

— Ecoute, répondit sa femme, la belle Gaviale, si tu attendais qu'elle en ait six (mois) ? Il ne faut pas faire travailler les enfants trop jeunes, ça leur déforme la colonne vertébrale.

— C'est juste, répondit Jorjobert, mais il y a sûrement une solution.

— Quand m'achètes-tu une voiture pour la promener ? dit Gaviale.

— Je t'en ferai une avec une vieille caisse à savon et des roues de Packard, dit Jorjobert. Ça sera moins

cher et c'est très chic. A Auteuil, tous les gosses se...
baladent... dans... Bon Dieu ! conclut-il. Je viens de
trouver la solution !...

II

La belle Gaviale franchit à pas menus le portail
géant de l'immeuble sis au numéro cent septante,
comme dirait Caroline Lampion, la vedette belge
bien connue, de l'avenue Merdozart. Il y avait, à
gauche, le long du vaste couloir dallé de noir et
blanc, la cage de l'escalier garnie de fer extrêmement
forgé et, sous l'amorce de la spirale qui enserrait un
ascenseur Louis X signé Boulle (mais c'était un
faux), deux superbes landaus de chez Bonnichon
Frères et Mape réunis, attendaient, garnis de lapin
blanc, la descente des rejetons de l'illustre famille
Bois-Zépais de la Quenelle pour le premier et Mar-
celin du Congé pour le second.

La longueur de la phrase qui précède permit à la
belle Gaviale de se dissimuler derrière et de passer
devant la loge de la concierge sans être vue. Il faut
ajouter que la belle Gaviale, vêtue élégamment d'une
longue jupe niou-louque dont dépassait un même
jupon de dentelles (celui de sa première communion), portait tendrement dans ses bras la fille que
le Seigneur lui avait répartie à la suite d'un contact
habile avec Clams Jorjobert, son mari.

La belle Gaviale décida d'un coup d'œil que le landau du jeune Bois-Zépais était en meilleur état que
celui du jeune du Congé. Chose exacte, car le second
pissait dedans comme un dégoûtant, toutes les fois
que sa bonne croisait un cheval. Réflexe étrange ; car
six ans plus tard, le père du jeune du Congé mourut
ruiné aux courses, mais n'anticipons pas...

Très à l'aise, elle pénétra dans l'ascenseur, monta
deux étages et redescendit par l'escalier pour que la

concierge la voie. Puis elle s'approcha du landau et déposa tendrement sur les coussins de lapin bourru la fille, nommée Véronique, dont nous avons expliqué plus haut les modalités de formation.

Poussant le landau, elle franchit le grand portail, la tête haute, et remonta l'avenue Merdozart.

Clams Jorjobert, son mari, l'attendait à cent mètres de là.

— Parfait, dit-il en examinant le landau. Ça vaut trente billets dans le commerce. On en tirera bien douze mille.

— Pour moi, les douze mille, spécifia Gaviale.

— D'accord, dit Clams Jorjobert, grand seigneur. C'était un essai et c'est toi qui as opéré. J'appelle ça correct.

III

— Tu me le rapportes dans une heure ? dit Léon Dodiléon.

— Certainement, assura Clams.

Il assujettit sur son crâne le casque de motocycliste que lui tendait Dodiléon et se regarda dans la glace.

— Ça rupine ! dit-il. Au poil ! J'ai l'air d'un vrai.

— Vas-y, dit Léon. Dans une heure ici.

Une heure plus tard, Clams arrêta devant l'immeuble où créchait son vieil ami Léon une rutilante moto Norton avec des garde-boue jusqu'aux essieux.

— Pas mal, dit Léon qui l'attendait devant sa porte en regardant sa montre.

— Ça vaut deux cent cinquante billets dans le commerce, dit Clams. Comme elle n'a pas de papiers, vu que je viens de la voler, je n'en tirerai guère plus de cent mille, mais ça valait le coup de t'emprunter ton casque, pas ?

— Sûr, dit Léon Dodiléon. Dis donc... Si je te donnais la mienne à la place ? Comme ça, tu n'auras pas d'ennuis avec les papiers...

— D'accord, dit Clams. C'est une Norton aussi, la tienne ?

— Oui, dit Léon Dodiléon. Mais elle n'a pas l'embrayage tricuspide à révolution souple, comme celle-là.

— Je ne m'en dédis pas, répondit Clams. Tope ! Même si j'y perds tu es un copain.

IV

Clams vendit cent cinquante mille la moto de Dodiléon et, pendant que ce dernier moisissait en prison, Clams acheta une belle tenue de chauffeur, casquette comprise.

— Tu comprends, expliquait-il à sa femme la belle Gaviale (qui croquait du rahat-loukoum à la pis-quatre-deux, tandis que Véronique buvait un biberon rempli de Heidsick de la bonne époque), qu'on n'aura jamais l'idée d'arrêter une voiture du corps diplomatique, surtout avec un chauffeur dedans.

— Surtout à cause du chauffeur, répondit-elle. C'est d'accord.

— Je pourrais voler une locomotive aussi facile-ment, expliqua Clams Jorjobert, mais il faudrait que je me couvre les mains de cambouis et la figure de charbon. En outre, malgré que j'aie fait des études supérieures, il peut m'arriver de me trouver inca-pable de conduire une locomotive.

— Oh ! dit Gaviale. Tu t'en débrouilleras très bien.

— Je préfère ne pas essayer, dit Jorjobert. En outre, je ne suis pas ambitieux et une moyenne de cent mille par jour me suffit amplement. Et puis il y a l'inconvénient des rails. Circuler sur le réseau sans autorisation m'attirerait des ennuis, et sur la route avec une locomotive, je me ferais remarquer.

— Tu n'as pas d'envergure, répondit la belle Gaviale, et c'est pour ça que je t'aime. Je voudrais te demander quelque chose.

— Ce que tu voudras, ma chérie, dit Clams Jorjobert.

Il se pavanait dans son uniforme de chauffeur. Elle l'attira vers elle et lui dit deux mots à l'oreille, puis rougit et cacha sa figure dans un coussin berzingué.

Clams rit largement.

— Je liquide la Cadillac de l'ambassade et je vais immédiatement te chercher ça, dit-il.

L'opération se passa correctement en ce qui concerne la Cadillac, dont il tira sur-le-champ treize cent mille francs, car les faux papiers pour les Cadillac qui sont maintenant imprimés en série, venaient d'être mis dans le commerce et on en trouvait dans tous les bureaux de tabac.

Avant de rentrer, Clams se rendit chez un marchand d'habits de sa connaissance. Un quart d'heure plus tard, il remonta chez Gaviale. Tout était terminé et il portait un gros paquet.

— Voilà, ma chérie, dit-il. J'ai l'uniforme. Tout y est, même la hache. Tu auras ta voiture de pompiers quand tu voudras.

— On se promènera dedans le dimanche ?

— Certainement.

— Il y aura la grande échelle ?

— Il y aura la grande échelle.

— Chéri, je t'aime !

Véronique protestait, parce qu'elle trouvait que deux enfants ça suffit bien.

Dans sa prison, Dodiléon trouvait le temps léong. Il entendit des pas et se leva pour voir qui c'était. Le gardien s'arrêta devant sa porte et la clé fourgonna dans la serrure. Clams Jorjobert entra.

— Bonjour, dit-il.

— Salut, vieux, répondit Dodiléon. C'est gentil de venir me tenir compagnie, parce que je trouve le temps léong.

Ils rirent, bien que l'astuce ait déjà été faite plus haut.

— Qu'est-ce qui t'amène ? demanda Léon.

— C'est idiot, soupira Jorjobert. Je venais de lui chiper sa voiture de pompiers, mais les femmes sont insatiables. Elle a voulu un corbillard.

— Elle exagère, dit Dodiléon compréhensif, car sa femme à lui n'avait jamais été au-delà de l'autocar à trente-cinq places.

— Tu te rends compte ? continua Clams. Alors j'ai acheté un cercueil, je suis monté dedans et j'ai été lui chercher son corbillard.

— Ça aurait dû réussir, dit Dodiléon.

— T'as déjà essayé de marcher avec un cercueil ? dit Clams. Je me suis pris les pieds dedans et, en tombant, j'ai écrasé un petit chien. Comme c'était celui de la femme du directeur de la prison, ça n'a pas été long, tu penses.

Léon Dodiléon hocha la tête.

— Mince, dit-il. Il y en a qui n'ont pas de veine !

UNE PÉNIBLE HISTOIRE

Le signal jaunâtre du réverbère s'alluma dans le vide noir et verreux de la fenêtre ; il était six heures du soir. Ouen regarda et soupira. La construction de son piège à mots n'avançait guère.

Il détestait ces vitres sans rideaux ; mais il haïssait encore plus les rideaux et maudit la routinière architecture des immeubles à usage d'habitation, percés de trous depuis des millénaires. Le cœur gros, il se remit à son travail ; il s'agissait de terminer rondement l'ajustage des alluchons du décompositeur, grâce auquel les phrases se trouvaient scindées en mots préalablement à la capture de ces derniers. Il s'était compliqué la tâche presque à plaisir en refusant de considérer les conjonctions comme des mots véritables ; il déniait à leur sécheresse le droit au qualificatif noble et les éliminait pour les rassembler dans les boîtiers palpitants où s'entassaient déjà les points, les virgules et les autres signes de ponctuation avant leur élimination par filtrage. Procédé banal, mécanisme sans originalité, mais difficile à régler. Ouen s'y usait les phalangettes.

C'était pourtant trop travailler. Il reposa la fine brucelle d'or, fit sauter d'une contraction de l'os malaire la loupe enserrée dans son orbite et se leva. Ses membres exigeaient soudain la détente. Il se sentait fort et tumultueux. Dehors lui ferait du bien.

Le trottoir de la venelle déserte se faufila sous ses pieds ; Ouen, malgré l'habitude, s'irritait encore de

ces façons furtives et par trop cauteleuses. Il le quitta
pour le bord de la chaussée, pavé de gras, marqué,
sous la lueur des globes halogènes, du liséré huileux
d'un ruisseau tôt tari.

La marche lui fit du bien et l'air, remontant au long
de ses cloisons nasales pour venir lécher à rebours
les circonvolutions de son cerveau, décongestionnait
peu à peu cet organe pesant, volumineux et bihémi-
sphérique. C'est l'effet normal ; Ouen s'en étonnait
chaque fois.

Doué d'une naïveté permanente, il vivait plus que
les autres.

Arrivé à l'extrémité de la brève impasse, il hésita,
car il y avait carrefour. Incapable de choisir, il continua tout droit ; bâbord comme tribord manquaient
d'arguments. La voie rectiligne menait directement
au pont ; il pouvait regarder l'eau du jour, sans doute
peu différente par son aspect de celle de la veille ;
mais l'apparence de l'eau n'est qu'une de ses mille
qualités.

Comme l'impasse, la rue était vide, tavelée de
lumière humide et jaune, dont les marbrures trans-
formaient l'asphalte en salamandre. Cela montait un
peu, jusqu'au dos d'âne de l'arche pétrifaite installée
au travers du fleuve pour le dévorer sans repos. Ouen
s'accouderait au parapet sous réserve que l'amont
comme l'aval en fussent libres d'observateurs ; s'il se
trouvait déjà des individus pour considérer le fleuve,
il était inutile d'ajouter un regard à tous ces cônes
visuels lubriquement enchevêtrés. Il suffirait de
continuer jusqu'au pont suivant, toujours vide, car
on y attrapait la gourme.

Condensant en noir le néant de la rue, deux jeunes
curés passèrent, furtifs ; ils s'arrêtaient de temps à
autre pour s'embrasser langueoureusement sous les
voûtes d'ombre des portes cochères. Ouen se sentit
attendri. Décidément, il avait bien fait de sortir ; on
voyait dans la rue des spectacles ravigotants. Son pas
se fit allègre et il résolut instantanément en pensée
les dernières difficultés d'assemblage de son piège à

mots ; si puériles, au fond : un peu de soin permettrait, à coup sûr, de les dominer, de les aplatir, de les foudroyer, de les écarteler, de les démembrer, de les faire, en un mot, disparaître.

Un général passa ensuite ; il tenait, au bout d'une laisse de cuir, un prisonnier écumant ; pour qu'il ne risquât point de blesser le général, on l'avait entravé et ses mains étaient liées derrière son cou. Quand il venait à renâcler, le général tirait sur la laisse et le prisonnier venait mordre l'humide. Le général marchait vite, il avait fini sa journée, il rentrait à la maison pour dévorer son bouillon de lettres. Comme tous les soirs, il composerait son nom sur le bord de l'assiette en trois fois moins de temps que le prisonnier et sous les yeux furieux de ce dernier, il dévorerait les deux potages. Le prisonnier n'avait pas de chance : il se nommait Joseph Ulrich de Saxakrammerigothensburg, tandis que le général s'appelait Pol ; mais Ouen ne put deviner ce détail. Il s'intéressa cependant aux petites bottes vernies du général et pensa qu'à la place du prisonnier il ne serait pas bien. A celle du général non plus, d'ailleurs ; mais le prisonnier n'avait pas choisi la sienne tandis que le général ; et on ne trouve pas toujours des postulants à l'emploi de prisonnier tandis que l'on a l'embarras du choix pour recruter les vidangeurs, les flics, les juges et les généraux : preuve que les plus sales besognes ont sans doute leurs attraits ; Ouen se perdit dans une méditation lointaine sur les professions déshéritées. Certes, il valait mieux dix fois construire des pièges à mots qu'être général. Dix semblait même un facteur un peu pauvre. N'importe, le principe restait.

Les culées du pont se hérissaient de phares télescopiques d'un très joli effet et propres, de surcroît, à guider la navigation. Ouen les appréciait à leur valeur et passa sans les regarder. Il apercevait le but de sa promenade et s'y hâta. Cependant, quelque chose l'intriguait. D'un côté du pont, une silhouette étrangement courte dépassait le parapet. Il courut.

Il y avait une jeune fille, debout au-dessus de l'eau sur une petite corniche en doucine munie d'un larmier pour l'évacuation sans dommage des eaux météoriques. Elle paraissait hésiter à se jeter à l'eau. Ouen s'accouda derrière elle.

— Je suis prêt, dit-il. Maintenant, vous pouvez y aller.

Elle le regarda, indécise. C'était une jolie jeune fille beige.

— Je me demande si je dois sauter en amont ou en aval du pont, dit-elle. En amont, j'ai naturellement une chance d'être prise par le courant et assommée contre une pile. En aval, je profite des tourbillons. Mais il se peut qu'abrutie par mon plongeon, je me raccroche à la pile. Dans le premier cas et dans le second, je serai en vue et j'attirerai probablement l'attention d'un sauveteur.

— Le problème mérite réflexion, dit Ouen, et je ne puis que vous donner raison de vouloir le traiter aussi sérieusement. Naturellement, je suis à votre entière disposition pour vous aider à le résoudre.

— Vous êtes très aimable, dit la jeune fille avec sa bouche rouge. Cela me tarabuste à tel point que je ne sais plus qu'en penser.

— Nous pourrions examiner ceci en détail dans un café, dit Ouen. Je discute mal sans boisson. Puis-je vous offrir quelque chose ? Cela vous facilitera peut-être une congestion ultérieure.

— Très volontiers, dit la jeune fille.

Ouen l'aida à repasser sur le pont et constata ce faisant qu'elle possédait un corps astucieusement arrondi aux endroits les plus saillants donc les plus vulnérables. Il lui en fit compliment.

— Je sais que je devrais rougir, dit-elle, mais au fond, vous avez absolument raison. Je suis très bien faite. Regardez plutôt mes jambes.

Elle releva sa jupe de flanelle et Ouen put apprécier à sa guise les jambes et la blondeur non feinte.

— Je vois ce que vous voulez dire, répondit-il, l'œil légèrement saillant. Eh bien ! allons prendre un verre et, quand nous serons fixés, nous reviendrons ici et vous vous jetterez du bon côté.

Ils partirent bras dessus, bras dessous, synchrones, tous deux fort gais. Elle lui dit son nom, Flavie, et cette preuve de sincérité accrut l'intérêt qu'il lui portait déjà.

Lorsqu'ils furent installés bien au chaud dans un modeste établissement où fréquentaient les mariniers et leurs péniches, elle reprit la parole.

— Je ne voudrais point, commença-t-elle, que vous me tinssiez pour une idiote, mais l'incertitude que j'éprouvai dans le choix du sens de mon suicide, je l'ai toujours rencontrée ; il était donc temps que je la tranchasse, au moins cette fois. Sinon, je serai toute ma mort une imbécile et une faiblotte.

— Le mal, admit Ouen, naît de ce qu'il n'y a pas toujours un nombre impair de solutions possibles. Dans votre cas, ni l'amont ni l'aval ne paraissent satisfaisants. Pourtant, on ne peut leur échapper. Où que soit situé le pont sur un fleuve, il détermine ces deux régions.

— Sauf à la source, observa Flavie.

— C'est exact, dit Ouen, charmé par cette présence d'esprit. Mais les sources des fleuves sont peu profondes en général.

— Voilà bien l'ennui, dit Flavie.

— Pourtant, dit Ouen, il restait la possibilité de recourir au pont suspendu.

— Je me demande si ce n'est pas un peu tricher.

— Et, pour en revenir aux sources, celles de la Touvre notamment ont un débit suffisant à n'importe quel suicide ordinaire.

— C'est trop loin, dit-elle.

— C'est du côté de la Charente, constata Ouen.

— Si ça devient un travail, dit Flavie, s'il faut se donner pour se noyer autant de mal que pour le reste, c'est désespérant. C'est à se suicider.

— Au fait, dit Ouen que la question frappait seulement, pourquoi ce geste conclusif ?

— Une bien pénible histoire, répondit Flavie en

essuyant une larme unique dont il résultait justement une dissymétrie gênante.

— Je cuis de l'entendre, révéla Ouen, qui s'échauf-
fait.

— Je vais vous la dire.

Il apprécia la simplicité de Flavie. Elle ne se faisait pas prier pour conter son aventure. Sans doute
avait-elle conscience de l'intérêt supérieur d'une
confidence de ce genre. Il s'attendait à un assez long
récit : une jolie fille a d'ordinaire l'occasion de nombreux contacts avec ses semblables ; de même, une
tartine de confiture a plus de chance de recueillir des
renseignements sur l'anatomie et les mœurs des
diptères qu'un silex ingrat et boutonneux. Ainsi, l'histoire de la vie de Flavie serait sans doute nourrie de
faits et d'événements dont il découlerait une utile
morale. Utile à Ouen, bien entendu : une morale per-
sonnelle ne vaut que pour autrui, car on sait trop soi-
même les raisons secrètes qui vous la font présenter
de façon étri, tru et tronquée.

Je naquis, commença Flavie, voici déjà vingt-deux
ans et huit douzièmes, dans un petit castel normand
des environs de Quettehou. Mon père, ex-professeur
de maintien à l'Institution de Mlle Désir, s'y était
retiré fortune faite pour y jouir paisiblement de sa
femme de chambre et des fruits d'un labeur opi-
niâtre ; ma mère, une de ses anciennes élèves qu'il
avait eu beaucoup de mal à séduire — car il était très
laid — ne l'y avait point suivi et vivait à Paris en
concubinage alterné avec un archevêque et un commissaire de police. Mon père, farouchement anti-clé-
rical, ignorait la liaison de ma mère et du premier,
sans quoi il eût demandé le divorce ; mais il se
réjouissait de la demi-parenté qui le liait au limier
car elle lui permettait d'humilier cet honnête fonctionnaire en le raillant parce qu'il se contentait de ses
restes. Mon père possédait d'autre part une considérable fortune sous les espèces d'un lopin de terre
(qu'il tenait de son aïeul), sis à Paris place de l'Opéra.
Il se plaisait à s'y rendre le dimanche pour y culti-

ver des artichauts, au nez et à la barbe des conducteurs d'autobus. Comme vous le voyez, mon père méprisait l'uniforme sous tous ses aspects.

— Mais vous, là-dedans, dit Ouen, éprouvant l'impression qu'elle s'égarait.

— C'est vrai.

Elle but une gorgée de la boisson verte. Et, soudain, elle se mit à pleurer sans bruit, comme un robinet idéal. Elle paraissait désespérée. Elle devait l'être. Emu, Ouen lui prit la main. Il la lâcha aussitôt, car il ne savait qu'en faire. Cependant, Flavie se calmait.

— Je suis une andouillette bleue, dit-elle.

— Mais non, protesta Ouen, qui la trouvait bien sévère pour elle-même. J'ai eu tort de vous interrompre.

— Je vous ai raconté un tissu de mensonges, dit-elle. Par pur orgueil. L'archevêque était en réalité un simple évêque et le commissaire un agent de la circulation. Quant à moi, je suis couturière et j'ai bien du mal à joindre les deux bouts. Les clientes sont rares et méchantes, de vraies pestes. On dirait qu'elles rient de me voir m'esquinter. Je n'ai pas d'argent, j'ai faim et je suis malheureuse. Et mon ami est en prison. Il a vendu des secrets à une puissance étrangère, mais il les a vendus au-dessus de la taxe et on l'a arrêté. Le percepteur me demande toujours plus d'argent ; c'est mon oncle ; s'il ne paie pas ses dettes de jeu, ma tante et ses six enfants sont voués à la ruine ; vous vous rendez compte, l'aîné a trente-cinq ans, si vous saviez ce que ça mange à cet âge là !

Elle sanglota amèrement, brisée.

— Jour et nuit, je tire l'aiguille sans résultat parce que je n'ai même plus de quoi acheter une bobine de fil.

Ouen ne savait que dire. Il lui tapota l'épaule et pensa qu'il fallait lui remonter le moral, mais comment ? Ça ne se fait pas en soufflant dessus. Du moins... au fait a-t-on jamais essayé ?

Il souffla.

— Qu'est-ce que vous avez ? demanda la jeune fille.

— Rien, dit-il. Je soupirais, votre histoire me navre.

— Oh, continua-t-elle, tout ça, c'est encore peu de choses. J'ose à peine vous narrer le pire.

Affectueux, il lui caressa une cuisse.

— Confiez-vous à moi, ça soulage.

— Ça vous soulage, vous ?

— Mon Dieu, dit-il, ce sont des choses que l'on prétend. Bien générales, je le reconnais.

— Mais qu'importe, dit-elle.

— Mais qu'importe, répéta-t-il.

— Circonstance qui contribue à métamorphoser en enfer ma misérable existence, poursuivit Flavidem, j'ai un frère indigne. Il dort avec son chien, crache par terre dès son réveil, botte le derrière du petit chat et éructe à plusieurs reprises en passant devant la concierge.

Ouen resta coi. Quand la lubricité et le déviationnisme pervertissent à ce point l'esprit d'un homme, on se découvre impuissant à commenter.

— Vous pensez, dit Flavie, s'il est comme ça à dix-huit mois, que sera-ce plus tard ?

Ce coup-là, elle éclata en sanglots peu nombreux mais fort gros. Ouen lui tapota la joue, mais elle pleurait à chaudes larmes et il retira vivement ses palpes brûlées.

— Ah, dit-il, ma pauvre petite.

C'est ce qu'elle attendait.

— Comme je vous l'ai annoncé, ajouta-t-elle, il vous reste à entendre le plus beau.

— Dites, insista Ouen, prêt à tout maintenant.

Elle le lui dit, et il se dépêcha de s'introduire des corps étrangers dans les oreilles pour ne pas entendre ; le peu qu'il put percevoir lui laissa un frisson malsain qui mouillait ses sous-vêtements.

— C'est tout ? demanda-t-il de la voix forte des sourds récents.

— C'est tout, dit Flavie. Je me sens mieux.

Elle but d'un trait son verre, laissant le contenu d'icelui sur la table. Cette gaminerie ne parvint pas à dérider son interlocuteur.

— Malheureuse créature ! soupira-t-il enfin.

Il hissa son portefeuille au grand jour et héla le garçon, qui vint malgré une répugnance visible.

— Monsieur m'a appelé ?

— Oui, dit Ouen. Je vous dois ?

— Tant, dit le garçon.

— Voici, dit Ouen, en donnant plus.

— Je ne vous dis pas merci, observa le garçon, le service est compris.

— C'est parfait, dit Ouen. Allez-vous-en, vous sentez.

Le garçon vexé, c'était bien fait, s'en alla. Flavie regardait Ouen avec admiration.

— Vous avez de l'argent !

— Prenez tout, dit Ouen. Il vous fait défaut plus qu'à moi.

Elle restait frappée de stupeur, comme devant le Père Noël. Son expression est difficile à décrire, parce que personne ne l'a jamais vu, le Père Noël.

Il revenait chez lui, seul. Il était tard, il ne restait plus qu'un réverbère allumé sur deux, les autres dormaient debout. Ouen marchait la tête basse et pensait à Flavie, à sa joie en prenant tout son argent. Il se sentait tout attendri. Plus un billet dans son portefeuille, pauvre petite. A son âge, on se sent perdu, sans moyens d'existence. Quelle chose étrange : il se rappela qu'ils étaient juste du même âge. Démunie à ce point. Maintenant qu'elle avait tout emporté, il se rendait compte de l'effet que cela peut faire. Il regarda autour de lui. La rue luisait, blafarde, et la lune était juste dans l'axe du pont. Plus d'argent. Et ce piège de mots à terminer. La rue vide se peupla du lent cortège de mariage d'un somnambule ; mais Ouen ne se dérida pas. Il repensait au prisonnier. Pour celui-là, les choses étaient simples. Pour lui aussi, au fond. Le pont approchait. Plus d'argent.

Pauvre, pauvre Flavie. Non, c'est vrai, elle en avait maintenant. Mais quelle navrante histoire. On ne peut accepter une misère pareille. Quelle chance qu'il se soit trouvé là. Pour elle. Est-ce que quelqu'un arrive toujours à temps pour tout le monde ?

Il enjamba le parapet et s'affermit sur la corniche. Les échos de la noce s'effilaient au loin. Il regarda à droite, à gauche. Décidément, elle avait eu de la veine qu'il passât. Pas un chat. Il haussa les épaules, palpa sa poche vide. Inutile de vivre dans ces conditions-là, évidemment. Mais pourquoi cette histoire d'amont et d'aval ?

Il se laissa tomber dans le fleuve sans recherche. C'est bien ce qu'il pensait : on coulait à pic. Le côté importait peu.

LE PENSEUR

I

C'est le jour de ses onze ans que le petit Urodonal Carrier s'aperçut brusquement de l'existence de Dieu : en effet, la Providence lui révéla soudain son état de penseur et si l'on considère que, jusque-là, il s'était montré complètement idiot en toutes choses, on a du mal à croire que le Seigneur ne soit pour rien dans une aussi subite transformation.

Les habitants de La-Houspignole-sur-Côtés m'objecteront sans doute, avec la mauvaise foi qui les caractérise, la chute sur la tête effectuée la veille par le petit Urodonal et les neuf coups de sabot attribués généreusement, le matin de son anniversaire, par son bon oncle, surpris en train de regarder, de près, si la servante changeait bien de linge toutes les trois semaines comme l'exigeait le père. Mais cette bourgade est pleine d'athées, entretenus dans leur péché par les discours coupables d'un instituteur de la vieille école, et le curé se saoule tous les samedis, ce qui donne moins de poids à sa parole sacrée. Cependant, si l'on n'y est point accoutumé, on ne devient pas penseur sans être tenté d'en attribuer la responsabilité à une Force Supérieure, et le mieux en l'occurrence était de remercier Dieu.

Cela se passa simplement. Monsieur le Curé, sobre par hasard, durant la retraite qui précède la communion, interrogea Urodonal :

— A quoi est due la chute d'Adam et Eve ?

Nul ne sut répondre, car, à la campagne, faire

l'amour n'est plus un péché. Mais Urodonal leva le doigt.

— Tu le sais ? demanda le curé.

— Oui, m'sieur le curé, dit Urodonal. C'était une erreur de Genèse.

Le curé sentit passer l'aile du Saint-Esprit et referma son col, de peur du courant d'air. Il congédia les gamins et s'assit pour méditer. Trois mois plus tard, méditant toujours, il quittait le village et se fit ermite.

— Ça va loin, ce qu'il a dit là, répétait-il.

II

La réputation d'Urodonal comme penseur s'établit, de ce jour, avec une solidité remarquable dans tout La-Houspignole. On guettait ses moindres paroles : il faut dire que l'Esprit ne se manifestait plus guère. Cependant, un jour en classe de physique, le professeur lui demanda à propos d'une leçon sur les courants électriques :

— Que signifie donc la déviation de l'aiguille du galvanomètre ?

— Qu'il y a du courant... répondit Urodonal.

Mais cela n'était rien. Il continua :

— Qu'il y a du courant, ou que le galvanomètre est détraqué... vous trouverez sans doute une souris dedans.

Pour lors, on paya une bourse au petit Urodonal, alors âgé de quatorze ans, qui termina ses études sans rien penser de nouveau ; mais on savait de quoi il était capable.

A la fin de ses études, il reconquit une gloire éclatante en classe de philosophie.

— Je vais vous lire une pensée d'Epictète, avait dit le professeur.

Et il lut :

« Si tu veux avancer dans l'étude de la sagesse, ne refuse point, sur les choses extérieures, de passer pour imbécile et pour insensé. »

— Et réciproquement... dit doucement Urodonal.

Le professeur s'inclina devant lui.

— Mon cher enfant, dit-il, je n'ai plus rien à vous apprendre.

Comme Urodonal se levait et sortait en laissant la porte entrebâillée, le professeur le rappela amicalement :

— Urodonal... souvenez-vous... il faut qu'une porte soit ouverte ou fermée...

— Il faut, dit Urodonal, qu'une porte soit ouverte, fermée, ou démontée s'il est urgent qu'on en répare la serrure.

Puis Urodonal s'éloigna et prit le train pour Paris, histoire de conquérir la capitale.

III

Urodonal, à Paris, pensa d'abord que l'odeur du métro Montmartre rappelait celle des cabinets de la campagne, mais garda par devers lui cette remarque, jugée sans intérêt pour les Parisiens. Puis il tenta de trouver du travail.

Il médita longuement avant de définir l'activité à laquelle il désirait se consacrer. Comme il avait, à La-Houspignole, fait partie de la fanfare municipale en qualité de second bugle à rallonges, il voulut s'orienter vers la musique.

Il y fallait cependant une justification : avec son génie habituel, il eut tôt fait de la trouver. — La musique, se dit-il, adoucit les mœurs. — Or, des mœurs sévères sont indispensables à tout homme de bien ; et il serait donc mauvais d'être musicien. Cependant, les habitants de cette Babylone n'ont aucune moralité : la musique, par conséquent, ne présente pour eux aucun danger.

On voit que les études avaient développé le sens critique d'Urodonal à un point que l'on peut juger troublant. Mais il ne s'agissait pas là d'un homme normal, et son organisme était assez robuste pour supporter un cerveau exceptionnel.

La musique laissait des loisirs à Urodonal, qui décida de chercher sa voie dans la littérature.

Quelques essais infructueux, loin de tarir son génie, lui inspirèrent cette épigramme :

— Le succès d'un auteur, confia-t-il à ses amis, dépend de sa faculté plus ou moins grande à s'identifier, sur le papier, à un imbécile.

Dans sa vie amoureuse, Urodonal était aussi prodigieux.

— Dire : tu ne m'aimes plus, assura-t-il à Marinouille, sa petite amie jalouse, c'est dire : je ne crois plus que tu m'aimes ; cela, comment peux-tu le savoir ?

Sur quoi Marinouille resta coite.

Cependant, un type de l'envergure d'Urodonal ne pouvait se satisfaire de l'existence médiocre qu'il menait entre Marinouille et son bugle.

— Vivre dangereusement... répétait-il parfois, et des lueurs sauvages parcouraient son regard indomptable.

Et puis un jour, Marinouille le trouva mort dans son lit. Il avait depuis peu noué des relations coupables avec un jeune dévoyé de mœurs crapuleuses, évadé d'une geôle où il purgeait trois mois de prison pour l'assassinat de douze personnes.

Pourtant, Urodonal n'avait rien d'un vicieux ; mais on trouva l'explication de sa triste fin dans un recueil de pensées inédites, qui n'en contenait qu'une, à la première page.

— Quoi de plus dangereux que de se faire tuer ? avait écrit Urodonal.

Et comme c'est vrai.

SURPRISE-PARTIE CHEZ LÉOBILLE

I

Les paupières de Folubert Sansonnet, frappées directement par le rayon du soleil ondulé qui franchissait la grille des persiennes, avaient de l'intérieur, une jolie couleur rouge orange, et Folubert souriait dans son sommeil. Il s'avançait d'un pas léger sur le gravier blanc, doux et chaud, du jardin des Hespérides, et de jolis animaux soyeux lui léchaient les doigts de pied. A ce moment, il se réveilla ; il cueillit délicatement, sur son gros orteil, Frédéric, l'escargot apprivoisé, et le remit en position pour le matin suivant. Frédéric renâcla, mais ne dit rien.

Folubert s'assit sur son lit. Il prenait le temps de réfléchir, dès le matin pour toute la journée, et s'épargnait ainsi les multiples désagréments dont s'embarrassent ces êtres mal ordonnés, scrupuleux et inquiets, à qui leur moindre action semble le prétexte de divagations sans nombre (pardonnez-moi la longueur de cette phrase) et bien souvent sans objet, car ils l'oublient.

Il y avait à réfléchir à :

1. Comment il allait s'harnacher ;
2. Comment il allait se sustenter ;
3. Comment il allait se distraire.

Et c'est tout, car c'était dimanche et trouver l'argent constituait un problème déjà résolu.

Folubert réfléchit donc, et dans l'ordre, à ces trois questions.

Il fit avec soin sa toilette, en se brossant les dents

vigoureusement et en se mouchant dans ses doigts ; puis il s'habilla. Le dimanche, il commençait par la cravate et terminait par les souliers, c'était un excellent exercice. Il prit dans son tiroir une paire de chaussettes à la mode, formées de bandes alternées : une bande bleue, pas de bande, une bande bleue, pas de bande, et cétéra. Avec ce modèle de chaussettes, on pouvait se peindre les pieds de la couleur qu'on voulait, qui apparaissait entre les bandes bleues. Il se sentait timide et choisit donc un pot de couleur vert pomme.

Pour le reste, il mit ses habits de tous les jours, une chemise bleue et du linge propre, car il pensait au troisièmement.

Il déjeuna d'un hareng en civière, arrosé d'huile douce et d'un morceau de pain, frais comme l'œil et, comme l'œil, frangé de longs cils roses.

Il se permit enfin de penser à son dimanche.

C'était aujourd'hui l'anniversaire de son ami Léobille et il y avait, en l'honneur de Léobille, une belle surprise-partie.

A la pensée des surprises-parties, Folubert se perdit dans une longue rêverie. Il souffrait, en effet, d'un complexe de timidité et il enviait en cachette la hardiesse des pratiquants du jour : il aurait voulu posséder la souplesse de Grouzniê, alliée à la fougue de Doddy, l'élégance smart et charmeuse de Rémonfol, la rigidité attirante du chef Abadibada ou la piraterie éblouissante de n'importe lequel des membres du Club Lorientais[1].

Pourtant, Folubert avait de jolis yeux marron d'Inde, des cheveux doucement flous et un gracieux sourire à l'aide duquel il conquérait tous les cœurs, sans s'en douter. Mais il n'osait jamais tirer parti de son physique avantageux et restait toujours seul pen-

---

1. Club Lorientais : L'un des plus fameux clubs de jazz du Saint-Germain-des-Prés de la grande époque, avec Claude Luter, etc. Pour les noms codés cités dans ce paragraphe, *cf.* G. Pestureau, *Dictionnaire Vian*, Bourgois, 1985.

dant que ses camarades dansaient élégamment le swing, le jitterbug[1] et la barbette gauloise avec les jolies filles.

Ceci le rendait souvent mélancolique, mais, la nuit, des rêves venaient le consoler. Il s'y retrouvait plein d'audace et les belles jeunes filles l'entouraient, suppliantes, afin qu'il leur accordât la faveur d'une danse.

Folubert se rappela le rêve de cette nuit. C'était une très jolie personne en robe de crêpe mousse bleu lavande, et ses cheveux blonds lui couvraient les épaules. Elle avait de petits souliers de serpent bleu et un bracelet curieux qu'il ne pouvait plus décrire exactement. Dans le rêve, elle l'aimait beaucoup et, à la fin, ils étaient partis ensemble.

Sûrement, il l'avait embrassée et peut-être même qu'elle s'était laissée faire pour lui accorder quelques faveurs supplémentaires.

Folubert rougit. Il aurait bien le temps de penser à ça en se rendant chez Léobille. Il fouilla dans sa poche, vérifia qu'elle contenait assez d'argent et sortit pour acheter une bouteille d'apéritif au venin, la marque la moins chère, car il ne buvait jamais.

II

Au même instant que Folubert s'éveillait, le Major[2], tiré de son sommeil par la voix rauque de sa conscience troublée, atterrit sur le parquet gluant de

---

1. Jitterbug : Danse sur un rythme swing, ancêtre du boogie-woogie.
2. Le Major : Jacques Loustalot, dit « le Major », ami de l'été de la débâcle en 1940 et quasi-frère de Vian, devient la figure principale de maintes pages de romans (*Trouble dans les andains, Vercoquin et le plancton*) et de nouvelles (*cf.* N. Arnaud, *Les Vies parallèles de Boris Vian*, Bourgois, 1981 ; B. Vian, *L'Écume des jours*, note 4 ; *L'Automne à Pékin*, note 26).

sa chambre avec un goût de méchant jaja ordinaire dans la bouche.

Son œil de verre brillait d'une lueur sinistre dans la pénombre et éclairait d'un jour abject le foulard qu'il était en train de peindre ; le dessin, représentant, à l'origine, un anicroche paissant au milieu des frères présvert[1], prit l'aspect d'une tête de mort vénitienne, et le Major sut que, ce jour-ci, il avait une mauvaise action à commettre.

Il se rappela la surprise-partie chez Léobille, et ricana sauvagement en ré dièse, avec une fausse note, ce qui prouvait surabondamment ses déplorables dispositions. Avisant une bouteille de gros rouge, il étancha d'une lampée le flux tiède qui en empâtait le fond et se sentit mieux. Puis, debout devant la glace, il s'efforça de ressembler à Sergueï Andrejef Papanine, dans *Ivan le Terrible*[2]. Il n'y arriva pas, car il lui manquait la barbe. Néanmoins, c'était un assez bon résultat.

Le Major ricana de nouveau et se retira dans son cabinet de travail pour préparer le sabotage de la surprise-partie de Léobille, dont il désirait tirer vengeance. En effet, Léobille faisait courir, depuis quelques semaines, les bruits les plus tendancieux sur le Major, allant jusqu'à prétendre que ce dernier devenait honnête.

Et ceci valait une bonne punition.

Le Major s'entendait fort bien à réduire à merci tous les ennemis qu'il lui arrivait de rencontrer sur

1. Frères présvert : Jeu de mots évident sur Jacques et Pierre Prévert ; Jacques (1900-1977), dont Vian fut le voisin du dessus et l'ami pataphysicien, Cité Véron, derrière le Moulin-Rouge, les dernières années de sa vie, est l'un des plus fameux poètes du XXᵉ siècle, scénariste et dialoguiste, par exemple de l'inoubliable *Les Enfants du paradis* ; Pierre (1906-1988) fut un cinéaste très original (cinéma burlesque, apologue comique, farce, dont le chef-d'œuvre de 1933, *L'affaire est dans le sac*) avant de créer aussi pour la télévision.

2. *Ivan le Terrible* : Dans ce célèbre film d'Eisenstein (1945), il n'y a évidemment nul acteur du nom de Sergueï Andrejef Papanine !

sa route ; ceci, d'une part, grâce à sa fort mauvaise éducation, d'autre part, en raison de ses dispositions naturelles sournoises et de sa malignité bien supérieure à la normale.

Sans oublier l'horrible petite moustache qu'il cultivait vicieusement sur sa lèvre supérieure, empêchant les insectes de s'y attaquer et la couvrant d'un filet, le jour, pour que les oiseaux n'y touchent point.

III

Folubert Sansonnet s'arrêta, ému, devant la porte de Léobille et plongea l'index de la main droite dans le petit trou de la sonnette, tapie au fond car elle dormait.

Le geste de Folubert la réveilla en sursaut. Elle se retourna sur elle-même et mordit cruellement le doigt de Folubert, qui se mit à glapir sur le mode aigu.

Aussitôt, la sœur de Léobille, qui guettait dans l'entrée, vint ouvrir et Folubert entra. Au passage, la sœur de Léobille colla un petit morceau de sparadrap sur la plaie et le débarrassa de sa bouteille.

Les accords de pick-up résonnaient joyeusement sous les plafonds de l'appartement et cernaient les meubles d'une légère couche de musique, plus claire et qui les protégeait.

Léobille était devant la cheminée et il parlait avec deux filles. En voyant la seconde, Folubert se troubla et, comme Léobille s'avançait vers lui la main tendue, il dut dissimuler son émoi.

— Bonjour, dit Léobille.

— Bonjour, dit Folubert.

— Je te présente, dit Léobille ; Azyme (c'était la première fille), voilà Folubert, voilà Jennifer.

Folubert s'inclina devant Azyme et baissa les yeux en tendant la main à Jennifer. Cette dernière portait une robe de crêpe mousse rouge glauque, des souliers de serpent rouge et un bracelet très extraordinaire qu'il reconnut immédiatement. Ses cheveux roux lui couvraient les épaules et elle était, en tous points, semblable à la fille de son rêve, mais c'est normal, car un rêve ça se passe la nuit, après tout.

Léobille semblait fort occupé d'Azyme, aussi Folubert, sans plus tarder, invita Jennifer. Il continuait à baisser les yeux car, devant lui, deux objets, fort intéressants, sollicitaient ses regards sous un décolleté carré qui les laissait respirer à l'aise.

— Vous êtes un vieux copain de Léobille ? dit Jennifer.

— Je le connais depuis trois ans, précisa Folubert. Nous nous sommes rencontrés au judo.

— Vous faites du judo ? Est-ce que vous avez déjà lutté pour défendre votre vie ?

— Heu... dit Folubert embarrassé. Je n'ai pas eu l'occasion... Je ne me bats que rarement.

— Vous avez peur ? demanda Jennifer ironiquement.

Folubert détestait la tournure de cette conversation. Il tenta de reconquérir son assurance de cette nuit.

— Je vous ai vue en rêve..., hasarda-t-il.

— Je ne rêve jamais, dit Jennifer. Ça me paraît peu probable. Vous avez dû confondre.

— Vous étiez blonde... dit Folubert au bord du désespoir.

Elle avait la taille mince et, de près, ses yeux riaient gentiment.

— Vous voyez, dit Jennifer, ce n'était pas moi... je suis rousse...

— C'était vous... murmura Folubert.

— Je ne crois pas, dit Jennifer. Je n'aime pas les rêves. J'aime mieux la réalité.

Elle le regarda bien en face, mais il baissait les yeux de nouveau et ne s'en rendit pas compte. Il ne la serrait pas trop contre lui, parce qu'il n'aurait plus rien vu.

Jennifer haussa les épaules. Elle aimait le sport et les garçons hardis et vigoureux.

— J'aime le sport, dit-elle, et j'aime les garçons hardis et vigoureux. Je n'aime pas les rêves et je suis aussi vivante qu'on peut l'être.

Elle se dégagea, car le disque s'arrêtait dans un horrible grincement de freins, vu que l'ami Léobille venait de fermer, sans prévenir, le passage à niveau. Folubert dit merci et il aurait voulu la retenir par une conversation habile et ensorceleuse mais, au moment précis où il était sur le point de trouver une formule véritablement ensorceleuse, un grand et horrible flandrin se faufila devant lui et enlaça brutalement Jennifer.

Horrifié, Folubert recula d'un pas, mais Jennifer souriait, et il s'abattit, effondré, dans un profond fauteuil de cuir d'outre.

Il était très triste et se rendait compte qu'après tout ç'allait être une surprise-partie comme les autres, brillante et pleine de jolies filles... mais pas pour lui.

IV

La sœur de Léobille s'apprêtait à ouvrir la porte, mais elle s'arrêta, stupéfaite, en entendant une détonation. Elle comprima d'une main les battements de son cœur, et l'huis céda sous le coup de pied féroce du Major.

Celui-ci tenait à la main un pistolet fumant, avec lequel il venait de tuer la sonnette. Ses chaussettes moutarde insultaient au monde entier.

— J'ai tué cette sale bête, dit-il. Vous jetterez la charogne.

— Mais... dit la sœur de Léobille.

Puis elle fondit en larmes, car la sonnette était avec eux depuis si longtemps qu'elle faisait partie de la famille. Elle s'enfuit en pleurant dans sa chambre, et le Major, ravi, esquissa un entre-chien-et-loup, puis remit son pistolet dans sa poche.

Léobille arrivait. Plein d'innocence, il tendit la main au Major.

Le Major y déposa une énorme cochonnerie qu'il venait de ramasser devant la porte de l'immeuble.

— Pousse-toi, mec, dit-il à Léobille. Je veux passer... Y a de quoi boire, chez toi ?

— Oui, répondit Léobille d'une voix tremblante. Dis-moi... Tu ne vas rien casser...

— « Je vais TOUT casser », dit le Major froidement en montrant les dents.

Il s'approcha de Léobille et lui vrilla les orbites du regard insoutenable de son œil de verre.

— Alors, tu racontes que je travaille, mec ? dit-il. Tu dis que je deviens honnête ? Tu te permets des trucs comme ça ?

Il respira profondément et rugit.

— Mec, ta surprise-partie, tu peux dire qu'elle va être un tout petit peu fumante !...

Léobille pâlit. Il tenait toujours la chose que le Major avait mise dans sa main et n'osait pas bouger.

— Je... Je ne voulais pas te vexer... dit-il.

— Ferme ça, mec, dit le Major. Pour chaque parole de trop, il y aura une Majoration.

Puis il glissa son pied droit derrière les jambes de Léobille, lui donna une poussée brutale et Léobille s'effondra.

Les invités n'avaient pas remarqué grand-chose. Ils dansaient, et buvaient et bavardaient, et disparaissaient par couples dans les pièces libres, comme dans toute surprise-partie réussie, et Jennifer était très entourée.

Le Major se dirigea vers le buffet. Non loin de là, Folubert, toujours désespéré, se rongeait dans son fauteuil. Au passage, le Major le souleva par le col de son veston et le mit sur ses pieds.

— Viens boire, lui dit-il. Je ne bois jamais seul.

— Mais... Je ne bois jamais... moi, répondit Folubert.

Il connaissait un peu le Major et n'osait pas protester.

— Allez, dit le Major, pas de salades !

Folubert regarda Jennifer. Par bonheur, elle tournait la tête d'un autre côté et discutait avec animation. Par malheur, il est vrai, trois garçons l'entouraient et deux autres étaient à ses pieds, tandis qu'un sixième la contemplait du haut d'une armoire.

Léobille s'était relevé discrètement et s'apprêtait à filer sans bruit pour alerter les forces gardiennes de l'ordre, mais il réfléchit que, si les forces en question se donnaient la peine de regarder dans les chambres, il risquait, lui, Léobille, de passer la nuit au poste.

En outre, il connaissait le Major et pensait bien que ce dernier ne le laisserait pas partir.

En effet, le Major surveillait Léobille et lui lança un coup d'œil qui l'immobilisa.

Puis, tenant toujours Folubert par le col, il tira son pistolet et, sans viser, fit sauter le goulot d'une bouteille. Tous les invités se retournèrent stupéfaits.

— Barrez-vous, dit le Major. Barrez-vous, les mecs ; les gonzesses, elles peuvent rester.

Il tendit un verre à Folubert.

— Buvons !

Les garçons quittèrent les filles et commencèrent à s'en aller. On ne résistait pas au Major.

— Je ne veux pas boire, dit Folubert.

Il regarda la figure du Major et but précipitamment.

— A ta santé, mec, dit le Major.

Les yeux de Folubert tombèrent soudain sur le visage de Jennifer. Elle était avec les autres filles, dans un coin, et le considérait avec mépris. Folubert sentit ses jambes se dérober sous lui.

Le Major vida son verre d'un trait.

Presque tous les garçons avaient maintenant quitté la pièce. Le dernier (il s'appelait Jean Berdindin, et c'était un brave) saisit un lourd cendrier et visa le Major à la tête. Le Major attrapa l'engin au vol et, en deux bonds, fut sur Berdindin.

— Toi... amène-toi, dit-il.

Il le traîna au centre de la salle.

— Tu vas prendre une des filles, celle que tu voudras, tu vas la déshabiller et tu vas la... (je ne peux pas répéter ce que dit le Major, mais les filles rougirent d'horreur).

— Je refuse, dit Berdindin.

— Mec, fais gaffe, dit le Major.

— Tout, mais pas ça, dit Berdindin.

Folubert, épouvanté, se versa machinalement un second verre et le but d'un trait.

Le Major ne dit rien. Il s'approcha de Berdindin et lui saisit un bras. Puis, il le tourna très vite et Berdindin vola en l'air. Le Major profitant de cette position, lui déroba son pantalon pendant qu'il retombait.

— Allez, mec, lui dit-il, prépare-toi.

Il regarda les filles.

— Il y a une volontaire ? dit-il en ricanant.

— Assez, dit Berdindin qui titubait, étourdi, et tenta de s'accrocher au Major. Mal lui en prit. Le Major le souleva et le projeta sur le sol. Berdindin fit « Vlouf ! » et resta là à se frotter les côtes.

— La rouquine, dit le Major. Amène-toi.

— Laissez-moi tranquille, dit Jennifer très pâle.

Folubert vidait son quatrième verre et la voix de Jennifer lui fit l'effet de la foudre. Il pivota lentement sur ses talons et la regarda.

Le Major s'approchait d'elle, et d'un geste sec, arracha l'épaulette de sa robe rouge glauque. (La vérité m'oblige à dire que les spectacles ainsi découverts étaient plaisants.)

— Laissez-moi, dit Jennifer une seconde fois.

Folubert se passa la main sur les yeux.

— C'est un rêve ! murmura-t-il d'une voix pâteuse.

— Amène-toi, lui dit le Major. Tu vas la tenir pendant que le mec va opérer.

— Non ! hurla Berdindin. Je ne veux pas !... Tout, mais pas ça... Pas une femme !

— Bon, dit le Major, je suis bon Major.

Il revint à Folubert sans lâcher Jennifer.

— Déshabille-toi, dit-il, et occupe-toi du mec. Je m'occupe d'elle.

— Je refuse, dit Folubert.

— Pardon ? dit le Major.

— Je refuse, dit Folubert. Et tu peux aller te faire voir chez Alfred. Tu nous les casses.

Le major lâcha Jennifer. Il avala une longue lampée d'air et sa poitrine se dilata d'au moins un mètre vingt-cinq. Jennifer regardait Folubert avec surprise, ne sachant si elle devait remonter le devant de sa robe ou s'il était plus sage de laisser Folubert prendre des forces en contemplant ce spectacle. Elle se décida pour la seconde solution.

Folubert regarda Jennifer et hennit. Il piétina rapidement sur place et chargea le Major. Ce dernier, atteint au plexus solaire, au moment où il finissait de dilater son thorax, se plia en deux avec un bruit horrible. Il se redressa presque aussitôt, et Folubert en profita pour lui faire un coup de judo absolument classique, celui qui consiste à rabattre les oreilles sur les yeux du patient pendant qu'on lui souffle dans les trous de nez.

Le Major devint bleu clair et suffoqua. A ce moment, Folubert, dont l'amour et l'apéritif décuplaient les forces, introduisit sa tête entre les jambes du Major, le souleva et le précipita dans la rue, à travers les vitres du salon, par-dessus la table abondamment garnie.

Dans le salon, redevenu calme, de Léobille, il y eut un grand silence et Jennifer, sans remonter sa robe, tomba dans les bras de Folubert, qui s'écroula car elle pesait dans les soixante kilos. Par bonheur, le fauteuil de cuir d'outre était derrière lui.

Quant au Major, son corps ondula rapidement dans l'air et, grâce à quelques rotations judicieuses, il parvint à se remettre d'aplomb ; mais il eut la maladresse de tomber dans un taxi rouge et noir à toit ouvrant qui l'emporta au loin avant qu'il ait le temps de s'en rendre compte.

Quand il s'en rendit compte, il fit sortir le chauffeur en le menaçant avec la dernière méchanceté et dirigea le taxi vers sa demeure, Villa Cœur-de-Lion.

Et puis, sur la route, comme il ne voulait pas se tenir pour battu, il assassina, par écrasement, un vieux marchand des quatre-saisons, dont trois à la sauvette, heureusement.

V

Et, pendant tout le reste de la soirée, Folubert et Jennifer s'employèrent à recoudre la robe de cette dernière. Elle l'avait enlevée pour que ce soit plus commode, et Léobille, reconnaissant, leur prêta, pour l'occasion, sa propre chambre et le fer à repasser électrique en cloisonné chinois, qu'il tenait de sa mère, laquelle le tenait de sa grand-mère, et que, dans sa famille, on se repassait de génération en génération depuis la première Croisade.

LE VOYEUR

I

Cette année-là, il semblait que les visiteurs eussent déserté Vallyeuse pour des stations plus fréquentées. La neige du petit chemin qui constitue l'unique voie d'accès du village restait vierge et les volets de l'« hôtel », si l'on peut décorer de ce nom le minuscule chalet de bois rouge dominant le Saut de l'Elfe, semblaient collés aux fenêtres.

En hiver, Vallyeuse était plongé dans un sommeil léthargique. Jamais on n'avait pu faire de cet endroit isolé une station à la mode : elle ne prenait pas. Quelques panneaux publicitaires, vestiges de ces tentatives de splendeur, souillèrent pendant un temps le paysage brutal et magnifique du Cirque des Trois-Sœurs ; mais l'attaque sournoise et inlassable des vents rudes et de la pluie qui délite, à la longue, les roches les plus compactes, en firent à nouveau des planches qui se couvrirent de mousse et s'intégrèrent au décor sauvage de la vallée. L'altitude du lieu devait décourager les plus endurcis ; aux autres, il n'offrait pas le confort facile des remonte-pente, des téléfériques et des palaces calculés pour l'exploitation raisonnée des portefeuilles. Le hameau de Vallyeuse lui-même égaillait ses quatre ou cinq maisons à six kilomètres du chalet, dans un recoin abrité de la montagne, si bien que les voyageurs qui s'arrêtaient à l'hôtel pouvaient se croire perdus aux confins du monde, sur une terre étrangère, et se montraient surpris, en entrant, de constater que l'hôtelier parlait, après tout, la même langue qu'eux. Parlait... si l'on peut dire... car cet homme taciturne, au visage tanné par les longues courses dans la neige, ne prononçait pas trois paroles dans la journée. Son accueil était d'ailleurs si réservé, son peu d'enthousiasme si perceptible à qui tentait de s'établir chez lui, que la solitude et le calme de l'endroit s'expliquaient aisément ; seuls les vrais fanatiques pouvaient s'accommoder d'une réception aussi fraîche. Il est vrai que les pentes vertigineuses, récompense réservée aux persévérants et qu'on eût dit calculées tout exprès pour la vitesse, justifiaient cette persévérance et comblaient de leur neige parfaite les audacieux qui s'aventuraient aussi loin des lieux à la mode.

Jean aperçut l'hôtel du haut de la côte raide qu'il venait de gravir en soufflant sous les effets conjugués de ses skis, de la lourde valise et de l'altitude. C'était bien ce qu'on lui avait promis : le point de vue unique, la solitude, l'air acéré qui vous fouettait sauvagement malgré le soleil ruisselant de toutes parts. Il s'arrêta, s'essuya le front. Sans souci du vent, il était nu jusqu'à la ceinture et sa peau se cuivrait aux rayons drus de la boule éblouissante. Il pressa le pas, voyant le but proche. Ses souliers s'enfonçaient profondément dans la neige, y imprimaient les dentelures de leurs semelles de caoutchouc. L'ombre, au fond des empreintes, était d'un bleu léger d'eau pâle. Une joie pétillante s'emparait de lui, la joie que l'on éprouve au contact d'une indiscutable pureté, la joie de tout ce blanc, de ce ciel plus bleu que les ciels de Méditerranée, de ces sapins lourds de sucre pailleté, et du chalet de bois rouge que l'on devinait chaud et confortable, avec une grande cheminée de pierre blanche où des bûches devaient brûler sans fumée, avec une flamme orange et dense.

A quelques mètres de l'hôtel, Jean fit halte, dénoua les manches de l'épais pull-over noué à sa ceinture et se rhabilla avant d'entrer. Puis appuyant ses skis contre le mur de l'hôtel et laissant là sa valise, il gravit en trois pas les marches de bois donnant accès au chalet par une sorte de balcon, à un mètre du sol, qui faisait le tour de la construction.

Sans frapper, il leva le loquet de fer et entra.

Dans le chalet, il faisait sombre. Les fenêtres, assez petites pour diminuer l'action du froid, laissaient pénétrer dans la pièce juste assez de lumière pour arracher, au passage, quelques éclats rutilants aux cuivres décorant les murs. Peu à peu, cependant, on se faisait à la presque obscurité ; mais chaque fois que l'on regardait au-dehors, on clignait, ébloui par l'ardeur du soleil sur la nappe argentée de la neige et l'on avait peine à se réaccoutumer au calme un peu mystérieux de l'hôtel.

Une chaleur agréable régnait là ; une torpeur insidieuse s'emparait de vous, vous invitait à vous étendre dans un de ces grands fauteuils d'osier craquant, à prendre un de ces livres qui garnissaient des étagères à mi-hauteur de la pièce, à vous assoupir peu à peu parmi les craquements du sapin rouge et verni dont était lambrissée la pièce entière. Jean se détendait, conquis par l'atmosphère de cette salle basse aux poutres massives.

Il y eut un bruit de pas à l'étage supérieur, une dégringolade dans l'escalier sonore, des rires, et trois filles en tenue de ski passèrent en trombe devant lui, si vite qu'il eut à peine le temps de les regarder. Sous les capuchons de leurs anoraks noirs, leurs yeux luisaient d'un même éclat sain. Leur peau, lissée par le soleil, donnait envie d'y mordre. Toutes trois dans leurs fuseaux noirs comme les anoraks, paraissaient flexibles et fermes comme de jeunes bêtes libres. Elles disparurent par la porte, refermée aussitôt qu'ouverte, et qui laissa aux yeux de Jean l'empreinte aveuglante de la neige inondée de soleil.

Se secouant, Jean tourna ses regards vers l'escalier dont il s'approcha. Pas un bruit autre que celui de l'eau qui chantait, quelque part, sur un fourneau.

— Il y a quelqu'un ?

Sa voix résonna entre les murs et personne ne répondit. Sans s'étonner, il réitéra sa question.

Cette fois, un pas lent répondit à son appel. Un homme descendit l'escalier. Blond, de taille plutôt élevée, la quarantaine, il avait le teint d'un montagnard, au milieu duquel tranchait, surprenant, un regard d'un bleu trop clair.

— Bonjour ! dit Jean. Puis-je avoir une chambre ?

— Pourquoi pas ? dit l'homme.

— Quelles sont vos conditions ? demanda Jean.

— C'est sans importance...

— Je n'ai pas beaucoup d'argent.

— Moi non plus... dit l'homme. Sans ça, je ne serais pas ici. Six cents francs par jour ?

— Mais ce n'est pas assez... protesta Jean.

— Oh ! dit l'autre, vous ne serez pas tellement bien... je m'appelle Gilbert.

— Moi Jean.

Ils se serrèrent la main.

— Montez, dit Gilbert, et choisissez. Tout est libre, sauf le cinq et le six.

— Les trois filles qui sont descendues ? demanda Jean.

— Exact, dit Gilbert.

Jean ressortit et prit sa valise. Elle était bosselée comme si quelqu'un avait donné dedans un grand coup de soulier ferré et le cuir écorché et rugueux. Haussant les épaules, il la souleva, et remonta les marches vermoulues. De nouveau il sentit l'odeur de cire et de vernis du chalet, il entendit le murmure de l'eau. Il se sentait chez lui. Joyeux, il gravit en quatre enjambées l'escalier droit qui menait au premier.

II

Vite, il apprit leurs noms : Leni, Laurence et Luce. Leni était la plus blonde, une longue Autrichienne aux hanches minces, aux seins provocants, elle avait un nez droit qui prolongeait son front, une figure un peu ronde à la bouche dédaigneuse, aux pommettes hautes, plus russe qu'allemande. Laurence, brune aux yeux durs et cernés, Luce, sophistiquée jusqu'aux bouts des ongles, étaient aussi chacune dans leur genre, des créatures tentantes ; chose étrange, elles semblaient toutes bâties sur un même modèle de fille-Diane, musclées, l'air un peu garçonnières — jusqu'à ce qu'on s'attarde à détailler leurs bustes aux arrondis fascinants dont les pointes aiguës tendaient le tissu léger des anoraks de soie noire. Entre Jean et les trois filles, ce fut, d'emblée, la guerre. Sans qu'il sût pourquoi, elles avaient, dès le premier jour, refusé de l'admettre et décidé de lui rendre la vie impossible. Elles le tourmentaient, ouvertement méprisantes et dédaigneuses, fermées à toutes ses avances, allant jusqu'à refuser des gestes aussi simples que celui qui consistait, à table, à leur tendre le pain ou leur passer le sel. Jean, gêné les premiers jours, n'obtint de Gilbert aucun éclaircissement. Gilbert vivait en solitaire, dans un cabinet de travail, au premier, qu'il ne quittait que pour des courses interminables dans la montagne. Un couple de vieux montagnards assurait l'entretien de la demeure et de ses habitants. En dehors de ces sept personnages, les jours s'écoulaient sans que l'on vît une âme.

Il les voyait très rarement en dehors des heures de repas. Elles se levaient tôt et, vite équipées, partaient dans la montagne, armées de leurs skis et de leurs bâtons. Le soir, elles rentraient, les joues rouges et brillantes, fatiguées à mourir, et passaient une heure, avant de remonter dans leurs chambres, à enduire leurs skis de farts, compliqués, rugueux à souhait, pour les montées du lendemain. Jean, un peu vexé de cette attitude, n'insistait pas et les évitait dans toute la mesure où c'était possible. Il partait de son côté, choisissant en général une direction de départ opposée à celle qu'elles avaient prise. Les pentes étaient assez nombreuses et lui laissaient un vaste choix. Seul, il gravissait de biais les flancs arrondis de la montagne pour les redescendre, un peu plus tard, parmi le jaillissement soyeux de la neige et le doux frottement des lames d'hickory, virant et dérapant le long des à-pics vertigineux pour arriver à l'hôtel, ivre d'air, le cœur sonnant à grands coups, heureux et las. Il était à l'hôtel depuis huit jours et, le contact repris, recommençait à progresser, contrôlant chaque appel, chaque changement de canne, soignant son style et durcissant ses muscles. Le temps passait, neutre, rapide ; c'étaient les vacances.

III

Il était parti de très bonne heure ce matin-là ; pensant atteindre le cirque des Trois-Sœurs qui développait à l'horizon son paysage grandiose. Il peinait, seul dans la montagne, progressant de crête en crête pour redescendre, après chaque élévation de terrain, parmi les sapins immobiles aux branches alourdies d'ouate. Une descente particulièrement raide le tenta. Il fila schuss, et le vent sifflait à ses oreilles. Plié sur ses skis, portant tout son poids vers l'avant, il descendait, laissant derrière lui une trace double, droite comme un fil de la Vierge. La neige, un peu collante, le freinait par endroits.

Il franchit une bosse et se rendit compte qu'il ne passerait pas. Derrière la bosse, un ravin s'ouvrait, le lit d'un ruisseau sans doute, planté des tiges fermes des jeunes sapins. Il aurait fallu virer sur la gauche, mais il allait si vite. Aussi c'était imprudent de se lancer comme cela sur une piste inconnue. Comme par réflexe il prit appui sur le ski droit, essaya de passer ; mais la pente au-dessus du ravin était garnie de jeunes sapins et si raide qu'il dérapa légèrement. Il heurta, en plein élan, une branche avancée, fit un effort désespéré pour éviter le tronc

du sapin suivant et tomba, perdant conscience sous
la violence du choc.

Lorsqu'il revint à lui, Jean s'aperçut que la course
projetée s'arrêterait là. Ses deux spatules étaient bri-
sées, ses skis inutilisables. D'ailleurs une de ses chevilles le faisait énormément souffrir. Détachant des
plaques de métal les courroies d'attache, il tenta, tant
bien que mal, de se ficeler la cheville. Il retrouva ses
bâtons à dix mètres de là, et, clopin clopant, prit le
chemin du retour. Il en avait pour cinq à six heures.

Il chemina, clignant des yeux, pour atténuer
l'ardeur de la réverbération qui l'aveuglait. Il prenait
appui sur ses bâtons pour éviter de forcer sa cheville
et progressait avec lenteur. Tous les cent mètres, il
s'arrêtait pour souffler.

Il atteignit une crête, franchie, deux heures plus
tôt, d'un seul élan, quand il s'arrêta, attiré par un
mouvement assez lointain. Trois formes sombres, en
bas de la crête, passaient à skis, suivant le lit de la
vallée.

Sans savoir pourquoi, Jean se baissa. Il y avait, à
vol d'oiseau, deux cents mètres entre lui et elles
— car c'étaient ses trois voisines de l'hôtel. Il pivota
sur lui-même, les suivant du regard. Elles glissèrent
derrière des sapins et une petite hauteur les cacha un
instant. Elles ne reparurent pas. Jean, doucement, se
faufila dans leur direction.

Il n'était pas préparé au choc qu'il subit lorsque sa
tête prudente domina enfin le champ où elles s'ébat-
taient, et se tapit plus profondément dans l'épais
duvet froid pour éviter d'être vu. Leni, Luce et Laurence étaient nues dans la neige. Luce et Laurence
entouraient leur compagne et se baissaient, prenant
à poignées la poudre glacée pour en frictionner Leni,
statue d'or et d'orgueil au milieu du désert blanc.
Jean sentit une chaleur courir dans ses veines. Les
trois filles jouaient, dansaient, couraient, souples
comme des bêtes, s'enlaçant par moments pour des
luttes brèves. Elles paraissaient s'énerver progressi-
vement à ce jeu. Luce, soudain, saisit Laurence par

derrière et la fit chanceler, puis tomber de tout son long. Leni se jeta près de Laurence, à genoux, et Jean vit ses lèvres parcourir rapidement le corps de la brune qui restait immobile. Luce la lâchait maintenant à son tour et s'étendait près d'elle. Au bout d'un instant, Jean ne distinguait plus qu'un enchevêtrement de corps que ses yeux éblouis ne parvenaient pas à décomposer. Haletant, il détourna la tête. Puis, incapable de résister, il revint avidement au spectacle qui se déroulait devant lui.

Combien de temps les regarda-t-il ? Un petit flocon de neige qui s'abattit sur sa main le fit tressaillir. Le ciel s'était couvert soudain. Les trois filles se séparèrent, coururent à leurs vêtements. Conscient de sa position périlleuse, Jean retenait son souffle et voulut reculer. Il tenta de remuer sa jambe abîmée et la douleur de sa cheville fut si forte qu'il laissa, malgré sa résistance, échapper un gémissement.

Comme des biches alertées, Luce et Leni se tournèrent dans sa direction, humant l'air. Leurs cheveux en désordre, leurs gestes harmonieux, leur donnaient l'allure de bacchantes. A grands pas, elles vinrent vers lui. Jean se leva, grimaçant de douleur.

Elles le reconnurent et blêmirent. Les lèvres foncées de Leni se contractèrent et elle laissa échapper une injure. Jean tenta de se justifier.

— Ce n'est qu'un hasard, dit-il. Je ne l'ai pas cherché.

— C'est un hasard de trop, dit Luce.

Le bras de Leni se balança et son petit poing dur vint frapper Jean sur la bouche. Sa lèvre éclata et du sang chaud coula sur son menton.

— Je me suis foulé la cheville, dit Jean, et j'ai cassé mes skis. Si l'une de vous peut me prêter un ski, je pourrai regagner l'hôtel sans aide.

Luce tenait un bâton de ski à la lourde poignée de cuir. Sa main glissa jusqu'au cercle d'aluminium. Balançant la poignée, de toutes ses forces, elle en assena un coup sur la tempe de Jean. Il tomba sur les genoux, assommé, et s'effondra dans la neige.

Laurence arrivait. Rapidement, sans se concerter, elles déshabillèrent le corps inerte. Plantant en croix ses deux bâtons, elles y attachèrent ses deux poignets et le redressèrent. Il était à genoux, la tête penchée en avant. Une grosse goutte rouge tomba de sa narine gauche et rejoignit le sang de sa lèvre. Maintenant, Luce et Leni entassaient la neige à grosses poignées autour du corps de Jean.

Lorsque le bonhomme de neige fut terminé, les lourds flocons tombaient serrés comme une brume dense. La figure de Jean était masquée par un grand nez de neige. Par dérision, Leni coiffa la forme grotesque d'un bonnet de laine noire. On lui mit dans la bouche un fume-cigarette d'or. Puis, sous l'avalanche blanche, les trois femmes reprirent le chemin de Vallyeuse.

LE DANGER DES CLASSIQUES

La pendule électronique frappa deux coups et je sursautai, m'arrachant avec peine au tourbillon d'images qui se pressaient dans mon esprit. Avec une certaine surprise, je constatai en outre que mon cœur se mettait à battre un peu plus vite. Rougissant, je fermai en hâte mon livre ; c'était *Toi et Moi*, un vieux bouquin poussiéreux d'avant les deux autres guerres, dont j'avais hésité jusque-là à aborder la lecture, connaissant l'audace réaliste du thème. Et je m'aperçus alors que mon trouble venait autant de l'heure et du jour que de mon livre : nous étions le vendredi 27 avril 1982 et j'attendais, comme d'habitude, mon élève stagiaire Florence Lorre.

Cette découverte me frappa plus que je ne puis le dire. Je me crois large d'esprit ; mais ce n'est pas à un homme de s'éprendre le premier et nous devons garder la réserve qui sied à notre sexe en toute occasion. Néanmoins, après ce choc initial je me mis à réfléchir — et je me trouvai des excuses.

C'est une idée préconçue que de se représenter les scientifiques, et les femmes en particulier, sous les aspects de l'autorité et de la laideur. Certes, les femmes, plus que les hommes, sont douées pour la recherche. Et certaines professions où l'aspect extérieur joue un rôle sélectif, comme celle d'acteur, comportent une proportion relativement élevée de Vénus. Cependant, si l'on approfondit le problème, on constate assez vite qu'une jolie mathématicienne n'est à tout prendre pas plus rare qu'une actrice intelligente. Il est vrai qu'il y a plus de mathématiciennes que d'actrices. En tout cas, la chance m'avait favorisé dans le tirage au sort des stagiaires et bien qu'à ce jour pas la moindre pensée trouble ne se fût glissée dans mon esprit, j'avais déjà reconnu — tout objectivement — le charme certain de mon élève. Cela justifiait mon émoi présent.

Exacte, de surcroît ; elle arriva, comme de coutume, à deux heures cinq.

— Vous êtes rudement chic, dis-je, un peu surpris moi-même de ma hardiesse.

Elle portait une combinaison collante de tissu vert pâle à reflets moirés, très simple, mais qui venait sûrement d'une usine de luxe.

— Ça vous plaît, Bob ?

— Ça me plaît beaucoup.

Je ne suis pas de ceux qui trouvent la couleur déplacée, même dans un vêtement féminin aussi classique qu'une combinaison de laboratoire. Au risque de scandaliser, j'avoue même qu'une femme en jupe ne me choque pas.

— J'en suis ravie, me répondit Florence, l'air railleur.

J'ai beau avoir dix ans de plus qu'elle, Florence assure que nous paraissons le même âge. De ce fait, nos rapports diffèrent un peu des rapports normaux professeur-élève. Elle me traite en camarade. Cela me gêne un peu. Bien sûr, je pourrais raser ma barbe et couper mes cheveux pour ressembler à un vieux savant de 1940 ; mais elle affirme que ça me donnerait l'air efféminé et ne ferait rien pour lui inspirer le respect.

— Et comment va votre montage ? demanda-t-elle.

Elle faisait allusion à un problème électronique assez épineux confié à mes soins par le Bureau Central et que je venais de résoudre le matin même à ma grande satisfaction.

— C'est terminé, dis-je.

— Bravo ! Ça marche ?

— Verrai ça demain, dis-je. L'après-midi du vendredi est consacré à votre éducation.

Elle hésita, baissa les yeux. Rien ne me gêne comme une femme timide, et elle le savait.

— Bob... Je voudrais vous demander quelque chose.

Je me sentais très mal à l'aise. Une femme, vraiment, doit éviter ces minauderies si charmantes chez un homme.

Elle continua :

— Expliquez-moi à quoi vous travaillez.

Ce fut mon tour d'hésiter.

— Ecoutez, Florence... il s'agit de travaux ultra-confidentiels...

Elle posa sa main sur mon bras.

— Bob... le moindre des balayeurs de ce labo en sait autant sur tous ces secrets que... euh... le meilleur espion d'Antarès.

— Ah, ça, ça m'aurait étonné, dis-je accablé.

Depuis des semaines, la radio nous assassinait des rengaines de *La Grande Duchesse d'Antarès*, l'opérette planétaire de Francis Lopez. Moi, je déteste cette musique de bastringue. Je n'aime que les classiques ; Schoenberg, Duke Ellington ou Vincent Scotto.

— Bob ! Je vous en prie, expliquez-moi. Je veux savoir ce que vous faites...

Encore une interruption.

— Allons, qu'y a-t-il ? Florence, dis-je.

— Bob, je vous aime... bien. Alors il faut me dire à quoi vous travaillez. Je veux vous aider.

Voilà. On lit, des années durant, dans les romans, la description des émotions que l'on ressent en entendant sa première déclaration. Et cela m'arrivait enfin. A moi. Et c'était plus troublant, plus délicieux, que tout ce que j'avais imaginé. Je regardai Florence, ses yeux clairs, ses cheveux roux coupés en brosse, à la mode de cette année 82. Positivement, je crois qu'elle aurait pu me prendre dans ses bras sans que je me rebelle. Et j'avais ri autrefois des histoires d'amour. Mon cœur battait la chamade et je sentais mes mains trembler. Je déglutis avec peine.

— Florence... un homme ne doit pas se laisser dire des choses comme ça. Parlons d'autre chose.

Elle s'approcha de moi et avant que j'aie rien pu faire, elle m'enlaça et me donna un baiser. Je sentis le sol se dérober sous moi et je me retrouvai assis sur une chaise. En même temps, j'éprouvais une sensation de ravissement aussi indicible qu'imprévue. Je rougis de ma propre perversité et je constatai avec une recrudescence de stupeur que Florence s'asseyait sur mes genoux. Du coup, ma langue se délia.

— Florence, c'est indécent. Levez-vous. Si on entrait... je serais déshonoré. Levez-vous.

— Vous me montrerez vos expériences ?

— Je... Oh !...

Il fallait céder.

— Tout. Je vais tout vous expliquer. Mais levez-vous.

— Je savais bien que vous étiez gentil, dit-elle en se levant.

— Tout de même, dis-je, vous abusez de la situation, reconnaissez-le.

J'avais la voix tremblante. Elle me tapota affectueusement l'épaule.

— Allez, Bob chéri. Soyez moderne.

Je m'empressai de me lancer dans la technique.

— Vous souvenez-vous des premiers cerveaux électroniques ? demandai-je.

— Ceux de 1950 ?

— Un peu avant, précisai-je. C'étaient des machines à calculer, assez ingénieuses d'ailleurs ; vous vous rappelez que, très vite, on les dota de tubes spéciaux qui leur permettaient d'emmagasiner diverses notions prêtes à servir ? les tubes-mémoire ?

— A l'école primaire, on sait ça, dit Florence.

— Vous vous rappelez qu'on perfectionna ce genre

d'appareils jusque vers 1964, quand Rossler découvrit qu'un cerveau humain réel, convenablement monté dans un bain nutritif pouvait, sous certaines conditions, accomplir les mêmes fonctions sous un volume bien moindre ?

— Et je sais aussi qu'en 68 ce procédé fut à son tour supplanté par l'ultra-conjoncteur de Brenn et Renaud, dit Florence.

— Bon, répondis-je. Peu à peu, on conjugua ces diverses machines à tous les genres d'effecteurs possibles, « effecteurs » eux-mêmes dérivés des mille et un outils élaborés par l'homme au cours des âges, pour constituer la catégorie d'instruments que l'on nomme robots : Un point est resté commun à toutes ces machines. Pouvez-vous me dire lequel ?

Le professeur reprenait en moi le dessus.

— Vous avez de jolis yeux, répondit Florence. Ils sont jaune-vert avec une espèce d'étoile sur l'iris...

Je reculai.

— Florence ! m'écoutez-vous ?

— Je vous écoute très bien. Le point commun à toutes ces machines, c'est qu'elles n'opèrent que sur les données fournies à leurs opérateurs internes par les usagers. Une machine à qui l'on ne pose pas un problème défini reste incapable d'initiative.

— Et pourquoi n'a-t-on pas essayé de les doter d'une conscience et d'un raisonnement ? Parce qu'on s'est aperçu qu'il suffisait de les munir de quelques fonctions réflexes élémentaires pour qu'elles prennent des manies pires que celles des vieux savants. Achetez dans un bazar une petite tortue électronique de gosse, et vous verrez à quoi ressemblaient les premières machines électro-réflexes : irritables, fantasques... douées en somme d'un caractère. On s'est donc désintéressé assez vite de ces sortes d'automates créés uniquement pour donner une illustration simple de certains fonctionnements mentaux, mais trop difficiles à vivre.

— Cher vieux Bob, dit Florence. J'adore vous

entendre parler. Vous savez que vous êtes assommant. J'ai appris tout ça en onzième.

— Et vous, vous êtes insupportable, dis-je sérieux.

Elle me regardait. Ma parole, elle se moquait de moi. J'ai honte à l'avouer mais j'aurais voulu qu'elle m'embrasse encore. Je repris, très vite pour cacher ma confusion.

— De plus en plus, on s'efforce maintenant d'introduire dans ces machines des circuits réflexes utilisables susceptibles d'agir sur les effecteurs les plus divers. Mais on n'a pas encore tenté de doter la machine d'une culture générale ; à vrai dire l'utilité ne s'en faisait pas sentir. Or il se trouve que le montage que m'a demandé le Bureau Central doit permettre à la machine de retenir dans son organe mémoriel un nombre de notions extrêmement élevé. En fait le modèle que vous voyez ici est destiné à acquérir l'ensemble des connaissances du grand mémento encyclopédique Larousse de 1978 en seize volumes. Il est presque purement intellectuel et possède des effecteurs simples lui permettant de se déplacer par ses propres moyens et de saisir les objets pour les identifier et les expliquer le cas échéant.

— Et qu'en fera-t-on ?

— C'est une machine administrative, Florence. Elle doit servir de Conseil protocolaire à l'ambassadeur de Flor-Fina qui s'installe le mois prochain à Paris à la suite de la Convention de Mexico. A chaque demande de renseignements de sa part, elle fournira à l'ambassadeur la réponse typique d'une culture française très étendue. En toute circonstance, elle lui indiquera la marche à suivre, lui expliquera de quoi il s'agit et comment se comporter, que ce soit à l'occasion du baptême d'un polymégatron ou d'un dîner chez l'empereur d'Eurasie ; depuis que le français a été adopté par décret mondial comme langue diplomatique de luxe, tout le monde veut être en état de faire parade d'une culture complète ; et cette machine sera donc particulièrement précieuse à un ambassadeur qui n'a guère le temps de s'instruire.

— Eh bien ! dit Florence. Vous allez faire ingurgiter à cette pauvre petite machine les seize gros volumes du Larousse ! Vous êtes un tortionnaire affreux.

— C'est nécessaire ! dis-je. Il faut qu'elle absorbe tout. Si on lui inculque une culture fragmentaire, elle acquerra vraisemblablement un caractère comme les anciennes tortues insuffisamment douées de sens. Et que sera ce caractère ? Impossible de le prévoir. Elle n'a une chance d'avoir un comportement équilibré que si elle sait *tout*. C'est à cette seule condition qu'elle peut rester objective et impartiale.

— Mais elle ne peut pas savoir *tout*, dit Florence.

— Il suffit, expliquai-je, qu'elle sache *de tout* en proportion équilibrée. Le Larousse nous donne une bonne approximation d'objectivité. C'est un exemple satisfaisant d'ouvrage écrit sans passion ; d'après mes calculs, nous devons aboutir à une machine parfaitement correcte, raisonnable et bien élevée.

— C'est merveilleux, dit Florence.

Elle avait l'air de se moquer de moi. Evidemment, certains de mes collègues résolvent des problèmes plus compliqués, mais tout de même, j'avais réalisé une bonne extrapolation de quelques systèmes assez imparfaits et ça méritait mieux que ce banal : « c'est merveilleux ». Les femmes ne se doutent pas à quel point ces tâches ingrates et domestiques sont rebutantes.

— Comment ça marche ? demanda-t-elle.

— Oh, un système ordinaire, dis-je, un peu triste. Un vulgaire lectiscope. Il suffit de pousser le livre dans le tube d'entrée, et l'appareil lit et enregistre le tout. Ça n'a rien que de très courant. Une fois l'instruction assimilée, naturellement le lectiscope sera démonté.

— Faites-la marcher. Bob ! Je vous en prie !

— Je veux bien vous la montrer, dis-je, mais je n'ai pas les Larousse. Je les reçois demain soir. Je ne peux rien lui faire apprendre avant, ça lui fausserait son équilibre.

J'allai à la machine et branchai le circuit. Les lampes de contrôle s'allumèrent en un ruban discontinu de points rouges, verts et bleus. Un doux ronronnement s'élevait du circuit d'alimentation. Je me sentais, malgré tout, assez content de moi.

— On met le livre là, dis-je. On pousse ce levier et ça y est. Florence ! Qu'est-ce que vous faites ! Oh !...

J'essayai de rompre le contact mais Florence me retint.

— Ce n'est qu'un essai, Bob, on effacera !...

— Florence ! vous êtes impossible ! On ne peut pas effacer !

Elle avait jeté mon exemplaire de *Toi et Moi* dans le tube et tiré le levier. Maintenant, j'entendais le cliquetis serré du lectiscope à mesure que défilaient les pages. En quinze secondes ce fut fait. Le livre ressortit, assimilé, digéré et intact.

Florence regardait avec intérêt. Et soudain, elle sursauta. Le haut-parleur se mettait à roucouler doucement, tendrement presque :

— *J'ai besoin d'exprimer, d'expliquer, de traduire*
  On ne sent tout à fait que ce qu'on a su dire...

— Bob ! Qu'est-ce qui se passe ?

— Bon Dieu, dis-je exaspéré, elle ne sait pas autre chose... elle va réciter du Géraldy sans arrêt, maintenant.

— Mais Bob, pourquoi parle-t-elle toute seule ?

— Tous les amoureux parlent tout seuls !

— Et si je lui demande quelque chose ?

— Ah, non ! dis-je. Pas ça. Fichez-lui la paix. Vous l'avez déjà à moitié détraquée !

— Oh, ce que vous êtes grognon, vous !

La machine ronronnait sur un rythme berceur, très doux. Elle fit un bruit comme pour s'éclaircir la voix.

— Machine, dit Florence, comment te sens-tu ?

Cette fois, c'est une déclaration passionnée qui sortit de l'appareil.

— *Ah ! je vous aime ! je vous aime !*
Vous entendez ! je suis fou de vous...
je suis fou !...

— Oh ! dit Florence. Quel culot !

— C'était comme ça, en ce temps-là, dis-je. Les hommes parlaient aux femmes les premiers, et je vous jure qu'ils avaient de l'audace, ma petite Florence...

— Florence ! dit la machine pensive, elle s'appelle Florence !

— Mais ce n'est pas dans Géraldy, ça ! protesta Florence.

— Alors vous n'avez rien compris à mes explications ? observai-je un peu vexé. Je n'ai pas construit un simple appareil reproducteur de sons. Je vous dis qu'il y a là-dedans un tas de circuits réflexes nouveaux et un magasin phonétique complet qui lui permettent de mettre en jeu ce qu'elle emmagasine et de créer des réponses adéquate... Le difficile c'était de lui garder son équilibre et vous venez de le démolir en la gavant de passion. C'est comme si vous donniez un bifteck à un enfant de deux ans. Cette machine *est* encore un enfant... et vous venez de lui faire manger de la viande d'ours...

— Je suis assez grand pour m'occuper de Florence, remarqua la machine d'un ton sec.

— Mais elle entend ! dit Florence.

— Mais oui, elle entend !

J'étais de plus en plus exaspéré.

— Elle entend, elle voit, elle parle...

— Et je marche aussi ! dit la machine. Mais les baisers ? Je vois bien ce que c'est, mais je ne sais pas avec quoi je vais les donner, continua-t-elle d'un ton pensif.

— Tu ne vas rien donner du tout, dis-je. Je vais te

couper le contact et demain je te remets à zéro en te changeant tes tubes.

— Toi, dit la machine, tu ne m'intéresses pas, affreux barbu. Et tu vas laisser mon contact tranquille.

— Sa barbe est très jolie, dit Florence. Vous êtes mal élevé.

— Peut-être, dit la machine avec un rire lubrique qui me fit dresser les cheveux sur la tête, mais pour ce qui est de l'amour, je suis un petit peu au courant... Ma Florence, viens plus près...

Car les choses que j'ai chaque jour à te dire
Sont de celles, vois-tu, que l'on ne se dit pas
Sans la voix, les regards, les gestes, les sourires...

— Essaye un peu de sourire, raillai-je.
— Je peux rire ! dit la machine.
Elle répéta son rire obscène.

— En tout cas, dis-je furieux, tu pourrais cesser de sortir du Géraldy comme un perroquet.

— Je ne sors rien du tout comme un perroquet ! dit la machine. La preuve, c'est que je peux te traiter d'andouille, de veau, de cruche, d'abruti, de cloche, de noix, de déchet, de crabe, de ballot, de dingue...

— Ah ! ça suffit ! protestai-je.

— Mais si je plagie Géraldy, continua la machine, c'est parce qu'on ne peut pas mieux parler d'amour et aussi parce que ça me plaît. Quand tu pourras dire aux femmes des choses comme en disait ce type-là, tu me le feras savoir. Et puis fiche-moi la paix. C'est à Florence que je m'adresse.

— Sois gentille, dit Florence à l'appareil. Moi, j'aime les gens gentils.

— Tu peux me dire « Sois gentil » observa la machine. Je me sens plutôt mâle. Et puis tais-toi, tiens,

Laisse-moi dégrafer ton corsage
Les choses que tu veux me dire, ma petite,
Je les sais d'avance. Allons, viens !
Déshabille-toi. Viens vite.
Prenons-nous. Le meilleur moyen
De s'expliquer sans être dupe
C'est de s'étreindre, corps à corps.
Ne boude pas, défais ta jupe.
Nos corps, eux, seront d'accord.

— Ah ! vas-tu te taire, protestai-je, scandalisé.

— Bob ! dit Florence. C'était ça que vous lisiez ? Oh !...

— Je vais couper le contact, dis-je. Je ne peux pas supporter de l'entendre vous parler comme ça. Il y a des choses qu'on lit mais qu'on ne dit pas.

La machine se taisait. Et puis un grognement sortit de sa gorge.

— Touche pas à mon contact !

Je m'approchai délibérément. Et sans un mot de provocation, la machine se rua sur moi. Je me jetai de côté au dernier moment mais le cadre d'acier me heurta violemment l'épaule. Sa voix ignoble reprit :

— Alors t'es amoureux de Florence, hein ?

Je m'étais abrité derrière le bureau d'acier, et je me frottais l'épaule.

— Filez, Florence, dis-je. Sortez. Ne restez pas là.

— Bob ! Je ne veux pas vous laisser seul... Elle... Il va vous blesser.

— Ça va, ça va, dis-je. Sortez vite.

— Elle sortira si je veux ! dit la machine.

Elle amorça un mouvement vers Florence.

— Filez, Florence, répétai-je. Dépêchez-vous.

— J'ai peur, Bob, dit Florence.

En deux sauts, elle vint me rejoindre derrière le bureau.

— Je veux rester avec vous.

— Je ne te ferai pas de mal, à toi, dit la machine. C'est le barbu qui va trinquer. Ah, tu es jaloux ! Ah tu veux me retirer mon contact !

— Je ne veux pas de vous ! dit Florence. Vous me dégoûtez.

La machine reculait lentement, prenant son élan. Soudain, elle fonça sur moi de toute la force de ses moteurs. Florence hurla.

— Bob ! Bob ! J'ai peur !...

Je l'attirai vers moi en même temps que je m'asseyais prestement sur le bureau. La machine le heurta de champ et il glissa jusqu'au mur qu'il rencontra avec une force irrésistible. La pièce trembla et un morceau de gravats s'abattit du plafond. Si nous étions restés entre le mur et le bureau nous aurions été coupés en deux.

— Une veine, marmottai-je, que je n'aie pas monté des effecteurs plus puissants. Restez là.

J'assis Florence sur le bureau. Elle était à peu près hors d'atteinte. Je me mis debout.

— Bob, qu'allez-vous faire ?

— Je n'ai pas besoin de le dire à voix haute, répondis-je.

— Ça va, dit la machine. Essaie toujours de me l'enlever, mon contact.

Je la vis reculer et j'attendis.

— Tu te dégonfles ! raillai-je.

La machine poussa un grognement furieux.

— Ah oui ? tu vas voir.

Elle se rua sur le bureau. C'est ce que j'espérais. Au moment où elle l'atteignit, tentant de l'aplatir pour parvenir jusqu'à moi, je bondis et la coiffai. De la main gauche, je m'accrochai aux câbles d'alimentation qui saillaient au sommet, tandis que de l'autre je m'efforçais d'atteindre la manette de contact. Je reçus un choc violent sur le crâne ; la machine, retournant contre moi le levier du lectiscope s'efforçait de m'assommer. Je gémis de douleur et tordis brutalement le levier. La machine hurla. Mais avant que j'aie eu le temps d'assurer ma prise, elle se mit à se secouer comme un cheval enragé et je jaillis du sommet comme une balle. Je m'effondrai sur le sol. Je sentis une violente douleur à la jambe et je vis, dans un brouillard, la machine reculer pour m'achever. Et puis ce fut le noir.

Quand je repris conscience, j'étais allongé, les yeux fermés, la tête sur les genoux de Florence. J'éprouvais un ensemble de sensations complexes ; ma jambe me faisait mal mais quelque chose de très doux se pressait contre mes lèvres et je ressentais une émotion extraordinaire. En ouvrant les yeux, je vis ceux de Florence, à deux centimètres des miens. Elle m'embrassait. Je m'évanouis une seconde fois. Cette fois, elle me gifla et je revins à moi tout de suite.

— Vous m'avez sauvé, Florence...

— Bob, me dit-elle, voulez-vous m'épouser ?

— Ce n'était pas à moi de vous le proposer, Florence chérie, répondis-je en rougissant, mais j'accepte avec joie.

— J'ai réussi à rompre le contact, dit-elle. Personne ne nous entendra plus. Bob... maintenant, est-ce que vous voudriez... je n'ose pas vous le demander...

Elle avait perdu son assurance. La lampe, au plafond du laboratoire, me faisait mal aux yeux.

— Florence, mon ange, parlez...

— Bob... récitez-moi du Géraldy...

Je sentis mon sang circuler plus vite. Je pris sa jolie tête rasée entre mes mains et je cherchai ses lèvres avec audace.

— *Baisse un peu l'abat-jour*... murmurai-je.

REPÈRES BIO-BIBLIOGRAPHIQUES

10 mars 1920 : Naissance à Ville-d'Avray de Boris Paul Vian. Il aura deux frères et une sœur. Son père est rentier et le restera jusqu'en 1929.

1932 : Début de rhumatisme cardiaque. En 1935, typhoïde mal traitée.

1935-1939 : Baccalauréat latin-grec, puis math élém. Prépare le concours d'entrée à l'Ecole Centrale. S'intéresse au jazz et organise des surprises-parties.

1939 : Entre à Centrale. En sort en juin 1942 avec un diplôme d'ingénieur.

1941 : Epouse Michelle Léglise. Commence *Les Cent Sonnets.*

1942 : Naissance d'un fils, Patrick.
Entre comme ingénieur à l'AFNOR.

1943 : Ecrit *Trouble dans les andains* (publié en 1966). Devient trompettiste dans l'orchestre de jazz amateur de Claude Abadie qui poursuivra sa carrière jusqu'en 1950.

1944-1945 : Publie ses premiers textes sous les pseudonymes de Bison Ravi et Hugo Hachebuisson. Termine *Vercoquin et le plancton* (publié en 1947). Fait la connaissance de Raymond Queneau.

Début 1946 : Quitte l'AFNOR pour travailler à l'Office du Papier. Termine le manuscrit de *L'Ecume des jours* (publié en 1947).
Rencontre Simone de Beauvoir et Sartre.

Mai-juin 1946 : Commence la *Chronique du menteur* aux *Temps modernes.*

Candidat au Prix de la Pléiade pour *L'Ecume des jours*, ne le reçoit pas malgré le soutien notamment de Queneau et Sartre.

Août 1946 : Rédige *J'irai cracher sur vos tombes* qui est publié en novembre sous le nom de Vernon Sullivan et devient le best-seller de l'année 1947.

Septembre-novembre 1946 : Ecrit *L'Automne à Pékin* (publié en 1947).

1947 : Devient en juin le trompette et l'animateur du « Tabou ». Ecrit *L'Equarrissage pour tous*.
Vernon Sullivan signe *Les morts ont tous la même peau*.

1948 : Naissance d'une fille, Carole.
Adaptation théâtrale de *J'irai cracher*.
Barnum's Digest ; Et on tuera tous les affreux (le 3ᵉ Sullivan).

1949 : Interdiction de *J'irai cracher* (roman). *Cantilènes en gelée ; Les Fourmis*. Période de crise.

1950 : Condamnation pour outrage aux mœurs à cause des deux premiers Sullivan.
Représentation de *L'Equarrissage* (publié peu après avec *Le Dernier des Métiers*). *L'Herbe rouge* (commencé en 1948) ; *Elles se rendent pas compte* (Sullivan). Mise au point du *Manuel de Saint-Germain-des-Prés* (publié en 1974).

1951 : Ecrit *Le Goûter des Généraux*, représenté en 1965.

1952 : Nommé Equarrisseur de 1ʳᵉ classe par le Collège de Pataphysique. Devient plus tard Satrape.
Divorce d'avec Michelle. Période de traductions.
Ecrit la plupart des poèmes de *Je voudrais pas crever* (publié en 1962).

1953 : *Le Chevalier de Neige*, spectacle de plein air, présenté à Caen.
L'Arrache-Cœur (terminé en 1951).

1954 : Mariage avec Ursula Kubler, qu'il avait rencontrée en 1950.

1954-1959 : Période consacrée à des tours de chant, des productions de disques, etc. Ecrit de nombreuses chansons dont le *Déserteur*, des comédies musicales, des scénarios de films.

1956 : *L'Automne à Pékin*, version remaniée.

1957 : *Le Chevalier de Neige,* opéra, musique de Georges Delerue, créé à Nancy. Vian écrit *Les Bâtisseurs d'Empire* (publié et joué en 1959).

1958 : *Fiesta,* opéra, musique de Darius Milhaud, créé à Berlin. Parution d'*En avant la Zizique.* Fin de la revue de presse donnée depuis 1947 dans *Jazz-Hot.*

1959 : Démêlés avec les réalisateurs du film *J'irai cracher sur vos tombes.* Rôles dans les films.

23 juin 1959 : Mort apparente du Transcendant Satrape.

Table

Boris Vian
dans Le Livre de Poche

Conte de fées à l'usage des moyennes personnes   n° 14696

Un conte de fées où abondent les sorcières, les cavernes, les îles fantastiques, comme dans les romans de chevalerie médiévaux. Dès cette œuvre de jeunesse, le jeu consiste à piéger le récit à coups de calembours, de clins d'œil, de dérision et de burlesque.

Écrits pornographiques   n° 14431

Vian sait explorer sans tartufferie les dimensions charnelles de l'amour, les ombres et les lumières du fantasme et les éclats de rire de la plaisanterie gauloise. On le découvrira avec ces petits chefs-d'œuvre intitulés « La Messe en Jean Mineur », « La Marche du concombre » ou « Liberté »…

L'Écume des jours   n°14807

Duke Ellington croise le dessin animé, Sartre devient une marionnette burlesque, la mort prend la forme d'un nénuphar, le cauchemar va jusqu'au bout du désespoir. Seules deux choses demeurent éternelles et triomphantes : le bonheur ineffable de l'amour absolu et la musique des Noirs américains…

Elles se rendent pas compte   n° 14921

Que Gaya s'apprête à en épouser un autre, Francis aurait peut-être pu l'admettre. Mais que le fiancé lui fournisse de la drogue, non ! Surtout qu'il appartient à une drôle de bande, ce fiancé. Et qu'en plus il n'aime pas les filles. Et là, ça devient carrément louche.

Et on tuera tous les affreux   n° 14616

Se réveiller tout nu dans une chambre de clinique, où l'on veut vous forcer à faire l'amour avec une très belle fille…

L'aventure n'est pas banale. Surtout quand on s'appelle Rocky, que l'on est la coqueluche des demoiselles et qu'on voudrait se garder vierge jusqu'à vingt ans.

Les Fourmis n° 14782

« On est arrivés ce matin et on n'a pas été bien reçus, car il n'y avait personne sur la plage que des tas de types morts ou des tas de morceaux de types…» Cette première phrase donne le ton de ce livre, où règnent la fantaisie verbale, l'imagination drolatique, le goût du canular… Onze nouvelles de jeunesse, publiées en 1949, qui disent déjà les obsessions et les révoltes de l'écrivain.

L'Herbe rouge n° 2622

Les aventures d'un savant qui a inventé une machine pouvant lui faire revivre son passé et ses angoisses. Sous le travestissement de l'humour noir, ce sont ses propres inquiétudes que met en scène Boris Vian.

J'irai cracher sur vos tombes n° 14143

Publié sous le nom de Vernon Sullivan, ce roman interdit, et longtemps introuvable, est un réquisitoire contre l'Amérique de la ségrégation raciale, l'histoire de Lee Anderson qui accomplit jusqu'au bout son devoir de vengeance.

Manuel de Saint-Germain-des-Prés n° 31451

C'est un guide touristique que devait initialement composer, pour un éditeur spécialisé, Boris Vian. En 1950, il remania son texte, lui donnant un ton plus personnel. Le Saint-Germain-des-Prés des années 1950 y est présenté et décrit avec brio et légèreté par celui qui en fut l'une des plus étincelantes figures.

Les morts ont tous la même peau n° 14193

Videur dans une boîte de nuit, Dan ne vit que pour Sheila, sa femme, et leur enfant. Un enfant que la société acceptera parce que sa peau est blanche. Dan, lui, est noir, d'origine, sinon de peau… Toute son existence repose sur ce secret.

Le Ratichon baigneur n° 14719

Quinze nouvelles, écrites entre 1946 et 1950 et qui ont pour toile de fond un Saint-Germain-des-Prés plein de bonne humeur et d'échos de jazz, dans lesquelles Boris Vian explore les voies qui assureront sa célébrité : fantaisie, truculence, dérision et absurde…

Romans, nouvelles et œuvres diverses La Pochothèque

L'Écume des jours / L'Automne à Pékin à L'Herbe rouge / L'Arrache-Cœur / J'irai cracher sur vos tombes / Et on tuera tous les affreux / L'Équarrissage pour tous / Le Goûter des généraux / Nouvelles / Poèmes / Chansons / Textes sur le jazz.

Traité de civisme n° 14662

C'est en 1950 que Boris Vian conçoit le projet de ce *Traité de civisme*. Jusqu'à sa mort, il ne cesse d'accumuler les notes en vue de sa rédaction, qu'il n'a pas le temps de mener à bien. Il y traite des grands thèmes sociaux et politiques du siècle : progrès, travail, inégalités, guerre, totalitarismes…

Trouble dans les andains n° 14135

Premier roman de Boris Vian, où se mêlent la terreur (drolatique), l'enquête policière (cocasse) et l'espionnage-bouffe. Boris Vian s'y dédouble, s'y multiplie en dix personnages qui se poursuivent d'Auteuil à Bornéo, nagent dans des flots de sang de crapaud et s'entretuent joyeusement en se disputant un mystérieux engin, le barbarin fourchu…

Composition réalisée par Jouve

Achevé d'imprimer en mai 2011, en France sur Presse Offset par
Maury-Imprimeur - 45330 Malesherbes
N° d'imprimeur : 163708
Dépôt légal 1ʳᵉ publication : avril 2000
Édition 06 - mai 2011
LIBRAIRIE GÉNÉRALE FRANÇAISE - 31, rue de Fleurus -75278 Paris Cedex 06